사랑에 관한 101가지 정의 그녀편

사랑에 관한 101가지 정의 그녀편

—

초판 1쇄   2005년 11월 21일
초판 5쇄   2009년 3월 17일
지은이   박현주
펴낸이   김영재
펴낸곳   책만드는집

—

주소   서울 마포구 합정동 428-49번지 4층 (121-886)
전화   3142-1585·6
팩스   336-8908
전자우편   chaekjip@chol.com
출판등록   1994년 1월 13일 제10-927호
ⓒ 박현주, 2005

—

ISBN 89-7944-232-7
ISBN 89-7944-231-9 (세트)

사랑에 관한 101가지 정의 그녀편

박현주 지음

책만드는집

프롤로그

두 번째 쓰는 사랑 이야기.... 이번에는 '그녀'가 말하는 사랑 이야기다.
'그 사람' 때문에 행복했고, '그 선배' 때문에 즐거웠고,
'그 아이' 때문에 아팠고, '그놈' 때문에 슬펐던
그녀의 사랑과 이별에 관한 이야기....

확실히 '그녀'가 말하는 사랑은, '그'가 말하는 사랑보다
좀 더 사소하고, 좀 더 섬세하고, 그래서 좀 더 추억거리가 많다.
작은 일에 금방 울고 웃는 그녀의 사랑,
자칫 그냥 넘어가 버릴 수 있는 것들을 놓치지 않는 섬세함,
그런 모든 것을 기억해 저장해놓은 추억 상자가 바로,
「사랑에 관한 101가지 정의 그녀편」인 것이다.

어쩌면 그는 이미 까맣게 잊어버렸을
그들의 첫 만남을 그녀는 기억할지 모르고,
그가 대수롭지 않게 던진 한마디에 상처받아 밤새 뒤척거렸던
그날 밤에 대해 그녀는 얘기하고 싶어할지 모르고,
한 번도 말한 적 없었던 그에 대한 사랑을 그녀가 마침내 고백할지도 모른다.

그녀는 사랑을 할 때, 그녀 자신보다 그를 먼저 생각한다.
그녀는 사랑을 할 때, 그를 위해 옷을 입고, 그를 위해 머리를 하며,

그를 위해 노래하고, 그를 위해 춤을 춘다.

그녀는 사랑을 할 때, 그의 웃는 얼굴에 심장이 멎을 듯한 행복을 느끼고,

그의 눈물 한 방울에 땅이 꺼질 듯한 불행을 느낀다.

그녀는 사랑을 할 때, 그가 몇 시에 일어나는지,

일어나서 화장실부터 가는지 아니면

찬물 한 잔을 먼저 마시는지를 궁금해한다.

그녀는 사랑을 할 때, 그가 왜 사랑한다는 말을 자주 안 해주는지 궁금해하고,

혹시 진짜 사랑하지 않기 때문은 아닐까 불안해하다가,

마침내 세상에서 가장 불행한 사람처럼 굴기도 한다.

이처럼 그녀의 사랑 이야기 속의 주인공은, 그녀가 아니다.

그녀가 사랑하는 '그'가 바로 주인공이다.

'그'는 세상의 유일한 기쁨이며, 없어서는 안 될 산소 같은 존재다.

그러므로 그녀는 사랑 없이 살 수 없다.

단 1분 1초도 그를 사랑하지 않고는 숨을 쉴 수 없을 것이며,

그의 사랑 없이는 살고 싶지도 않을 것이다.

이 책을 읽을 '그녀' 그리고 그녀의 '그'에게 당부한다.

열심히 사랑해라. 그리고 열심히 아파해라.

떳떳하게 사랑하고, 용기 있게 고백하고, 혹시 차이더라도 자신 있게 차여라.

그리고 또다시 열심히 사랑을 찾아라.

누군가를 사랑하는 일이 부끄러운 일이 되어선 안 된다.

사랑받아 마땅한 존재를 찾아내고, 그 존재에 대한 가치를

이 세상 최고로 높여주는 사랑을 하는 것이야말로,

우리가 살면서 할 수 있는 지상 최대의 멋진 일일 테니까....

사랑하기 전에 계산하지 말고,

사랑하기 전에 서로의 마음을 떠보는 것도 하지 말고,

사랑하기 전에 지난 과거를 궁금해하지 말고,

지금 눈앞의 사랑에 최선을 다하며,

오직 사랑만을 믿는 '그녀'와 '그'가 되길....

마지막으로, 「사랑에 관한 101가지 정의 그녀편」에

남다른 애정을 보내준 달콤 스텝들, 달콤DJ 정지영 아나운서, 이승훈 PD,

달콤쑤~ 수연 작가와, 멋진 달콤맨의 활약으로 사랑에 관한 101가지 정의를

더욱 빛내준 역대 달콤맨들, 테이 씨, 김형중 씨, 이승환 씨, 김정훈 씨,

최정원 씨, 김종국 씨, 신혜성 씨, 이민우 씨, 홍경민 씨에게

감사의 말을 전한다.

-2005년 11월 박현주

차례

5 그 사람의... 눈길이 느껴졌습니다

6 또... 혼자 멀리 와버렸네요

우리가 정말...

헤어질 수 있을까요?

사랑했던 시간만큼 아파해야

사랑하고 이별하면,

사랑했던 시간만큼 아파해야 그 사람을 잊을 수 있다는 말..

지금 저에겐 가장 큰 형벌입니다.

그 사람과 헤어진 지 이제 만 하루밖에 지나지 않았는데..

사랑했던 시간만큼 고통스러워야 한다면

앞으로 5년이란 시간을 어떻게 견뎌내야 할지

벌써부터 눈앞이 캄캄합니다.

어떤 노래 가사처럼, 아침에 일어나 보니

세상이 온통 변해버렸더군요.

눈부신 아침 햇살은 나를 괴롭히는 따가운 햇볕이 되어 있고,

그 사람과 같은 시각 눈을 뜨게 해주던 달콤한 자명종 소리는

괴로운 하루의 시작을 알리는 소음이 되어 있고,

아름다운 멜로디로 감동을 주던 노래는

한 구절 한 구절 비수가 되어 내 가슴에 상처를 남기고..

어제까지 내 편이었던 세상은 하루아침에 나와 적이 되어

나를 괴롭히고 상처 입히고

어떻게 하면 더 아프게 해줄까 머리를 쥐어짜듯,

오늘 하루는 온통 저를 괴롭히는 가시밭길 같았습니다.

시계를 자꾸 보고 있으면, 시간이 더 안 가는 것 같아서

한참을 일에 빠져 있다가, 몇 시간이나 지났나..

고개를 들어보면 5분도 채 지나지 않은 시간.

그 순간의 절망스러운 기분은, 이별해보지 않은 사람은

아무리 설명해줘도 모르겠죠.

이제 알 것 같습니다.

5분에 한 번씩 시계를 보는 사람은 어쩌면..

어젯밤 이별한 사람일지도 모른다는 거..

좋을 땐 1년이 1분 같지만, 이별하면 1분이 10년 같은 것.
시계를 아무리 빨리 돌려도,
그 사람을 향한 제 맘은 자꾸 과거를 향하기만 합니다.

사랑
이란

좋아하는 이유

문득 그에게 묻고 싶어졌습니다. 그래서 다짜고짜 말했죠.

"넌 날 왜 사랑하니? 난 못생겼고, 날씬하지도 않고,

그렇다고 집안이 좋길 해? 성격이 좋길 해?

도대체 넌 내.. 어디가 좋은 거야?"

그랬더니 그 남자, 제가 하는 말을 전부 인정하더군요.

예쁘지도 않고, 그렇다고 자기한테 특별히 잘해주는 것도 아니고,

폭력까지 쓰는 무서운 여자친구라고..

순간, 솔직히 제 자신을 인정하면서도 조금 마음이 상하더군요.

그래서 저도 모르게 화를 내버렸습니다.

"그러니까.. 그런데 왜 날 좋아하냐고?

너라면 나보다 훨씬 예쁜 여자 만날 수 있을 텐데,

왜 나랑 만나냐고?"

그런데 그 다음에 이어진 그의 한마디 한마디에,

전 그만 울어버렸습니다.

그의 마음이 담긴 진실한 고백이라는 걸 누구보다
잘 알 것 같았거든요. 그의 대답은 이랬습니다.
"그 대신에 너는 발가락이 이쁘고, 목소리가 부드럽고,
무거운 것도 잘 들고, 라면도 잘 끓이고, 달리기도 잘하고,
게다가 버스 번호도 잘 외우고, 오래 잘 걸어다니고,
편식도 안 하고, 공포 영화도 씩씩하게 잘 보고, 노래도 잘하잖아."

좋아하는 이유를 백 가지도 더 댈 수 있는 것.
하지만 다시는 사랑하는 이유 같은 건 묻지 않기로 했습니다.
우린 이미 서로를 사랑하기 위해 태어났다는 걸 아니까요.

사랑
이란

폴라로이드

갑작스럽게 이별을 통보하고, 몇 달째 연락이 없는 그 사람..

이제 저도 이별을 받아들여야겠다고 생각했습니다.

하지만 이대로 끝내기엔 그동안의 우리 사랑이 너무 허무해서,

마지막 이별이라도 멋지게 해야겠다고 생각했죠.

그래서 오늘은 그 사람이 생일날 선물했던

폴라로이드를 챙겨 들고 밖으로 나왔습니다.

그러곤 그와 자주 다녔던 곳들을

차례로 돌아다니며 하나하나 사진을 찍었죠.

사이좋게 공부했던 학교 도서관 맨 구석 자리,

어깨 붙이고 나란히 앉았던 공원 벤치,

커피 향을 유난히 좋아하는 그 사람 때문에

만나면 늘 갔던 학교 앞 그 카페, 그리고 마지막으로

햇살 좋은 날이면 그 사람이 일광욕을 즐기던 인문대 앞 계단까지..

빠짐없이 모두 카메라에 담았습니다.

그리고 사진 아래, 한마디씩 그에게 글을 남겼습니다.

'이 자리 기억 나? 니가 좋아하던 도서관 창가 자리!'

'공원에서 가끔 자판기 커피 마시는 것도 좋았어, 그치?'

'이 카페에 오면, 늘 니가 신청하던 그 노래가 생각날 거야.'
'햇살 좋은 날이면 인문대 앞은 지나가지 말아야겠다.
그곳엔 니가 있을 테니까.. 그럼 난 또 너에게 달려갈 테니까..'

휴.. 도저히 안 되겠습니다.
이렇게 추억이 많은데.. 어딜 가도 그 사람의 흔적뿐인데,
우리가 정말.. 헤어질 수 있을까요?

온통 헤어질 수 없는 이유뿐인 것.
우리의 추억이 담긴 사진들을 보며,
그 사람이 다시 제게로 돌아오길 기다려봅니다.

사랑
이란

지워지지 않는 흔적

정말 다 잊었었습니다.

그 사람의 부드러운 말투도, 그 사람의 해맑은 웃음도..

다 잊고, 이제 겨우 새로운 사람에게 다가가고 있었죠.

그런데 갑자기 그 사람이 나타났습니다.

제가 혼자 상처받고 힘들어할 땐 절 외면했던 그가,

이제 와서 저를 사랑한다고 말합니다.

그 사람 다 잊고,

겨우 다시 새롭게 사랑하고 싶은 사람을 만났는데,

지금 제 앞에 나타나서 이러면 도대체 저더러 어떻게 하라는 건지..

그 남자는 정말 이기적입니다.

자기밖에 모르고, 다른 사람 마음 같은 건 생각도 안 하는 남자..

그 사람에게 화가 나서 말해버렸죠.

"우린 타이밍이 맞질 않네요. 내가 당신을 바라볼 땐

나를 그렇게 차갑게 외면하더니, 이제 겨우 마음 돌린 나한테

사랑한다고 말하는 당신, 너무 **뻔뻔**하다고 생각하지 않나요?

나.. 이젠 당신을 사랑하지 않아요."

그런데 솔직히.. 그 사람의 고백에 또다시 흔들립니다.

다 잊은 줄 알았는데,

그 남자의 한마디에 이토록 흔들리는 걸 보면,

제 사랑은.. 아직.. 그 사람을 기다리고 있었던 걸까요?

다 잊었다고 하지만 그 흔적은 쉽게 지워지지 않는 것.
사랑했던 기억이 자꾸 떠올라 그 사람을 뿌리칠 수가 없는 것.

잘 좀 해줄 걸

이 세상 모든 연인들이 1년 내내 기다리는 크리스마스이브.

그날은 점점 다가오는데,

결국 또 혼자 보내야 할 것 같습니다.

작년 크리스마스 때,

초라한 더블보다 화려한 싱글이 낫다면서

서로를 위로하기 위해 모였던 친구들이, 결국 헤어지면서

내년에는 꼭 커플로 만나자고 약속했었는데..

아무래도 올 크리스마스이브는 혼자 쓸쓸히

집에서 보내야 할 것 같은 악몽이 벌써부터 엄습해옵니다.

친구들은 당장 소개팅이라도 해서

커플을 만들어 오라고 난리지만

코앞에 닥쳐서 소개팅하는 거,

너무 속 보이는 일이라 도저히 못 하겠습니다.

이럴 줄 알았으면 유일하게 나 좋다고 따라다니던 사람.

얼마 전에 전화 왔을 때 잘 좀 해줄 걸.. 후회도 되고,

지금이라도 전화 한번 해볼까. 망설여지기도 하지만..

그놈의 자존심이 뭐라고

결국 휴대폰 던져버리고 잠수 타기로 마음먹습니다.

특별한 날 내 곁에 있어줄 사람은
그 사람뿐이라는 걸 깨닫는 것.
그래서 혹시나 하는 마음에 휴대폰 전원은 끄지 못합니다.
그 사람 전화.. 기다려보려구요.

사랑
이란

이미 끝나버린 미니시리즈

손이 예쁜 여자가 이상형이라는

한 탤런트의 인터뷰 기사를 보다가 생각났습니다.

언젠가 자신의 이상형은 원래 손이 예쁜 여자였는데,

이렇게 작고 통통한 손을 가진 여자를

사랑하게 될 줄은 몰랐다고 말한 남자가 있었거든요.

그 사람은 제 손을 잡을 때마다

예쁘진 않지만 중독성이 강해서

한번 잡으면 절대 놓고 싶지 않은 손이라고 말했었고,

그래서 전 그 한마디에, 우리 사랑은 영원할 거라는

바보 같은 확신을 갖기도 했었죠.

하지만 그 사람은 매정하게도 제 손을 놓아버렸습니다.

그런데 조금 전, 창가 자리에 앉아 커피를 마시고 있던 저는

그 앞으로 낯익은 남자가

누군가와 나란히 걷는 모습을 발견했습니다.

잠시 스쳐간 모습에서 그 남자가 바로 그때 그 사람이란 걸 알았고,

순간 저도 모르게, 내가 누굴 기다리고 있었다는 것도 잊은 채,

그 남자의 뒷모습을 쫓다가, 아직도 추억에서 헤매는 여자처럼

아무 생각 없이 그를 따라갔습니다.

혹시 그 사람이 뒤돌아보면 어쩌나, 옆에 있는 여자는 누굴까,

지금 그 사람 옆에 왜 내가 아닌 낯선 여자가 있나,

머릿속은 온통 뒤죽박죽 여러 가지 의문들로 뒤섞였고,

잠시 한숨을 내뱉으며 숙였던 고개를 들었는데,

그 사람은 온 데 간 데 없고, 저만 혼자 길 한복판에서

넋을 놓고 서 있었습니다.

이미 끝나버린 미니시리즈 같은 것.
결말을 알면서도 자꾸 되돌려 보고 싶은 이 마음은..
언제쯤 진짜 끝이 날까요?

사랑
이란

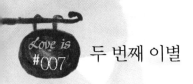

두 번째 이별

다시 돌아와 주기만 한다면,

그동안 못 해준 것까지 두 배로 잘해주겠다고 다짐했습니다.

다시 시작할 수만 있다면, 지금까지 잘못했던 거 반성하고

그가 싫어하는 건 절대 안 하겠다고 맹세했습니다.

그 간절함이 전해졌는지 우린 정말 다시 만나게 됐고,

처음엔 서로가 노력을 했죠. 헤어져 있던 시간이 힘들었던 만큼..

하지만 그게 오래가진 못하더군요.

오늘도 우린, 예전과 같은 이유로 또 다투고 말았습니다.

우리가 자주 싸운 이유 중의 하나는 제 일 때문이었어요.

그는 제가 언제나 자기보다 일이 우선인 게 섭섭하다고 했고,

전 그때마다 그에게 미안하다고 해야 했죠.

그런데 오늘, 잘 참아주는 것 같던 그가 결국 터뜨리고 말았습니다.

어떻게 예전이나 지금이나 달라진 게 없냐고..

하지만 실망한 건 저도 마찬가지였습니다.

다시 사랑하면 조금은 더 여유로울 수 있을 줄 알았는데,

기대에 못 미치는 실망스러운 그 사람 모습에,

저도 못할 말을 해버리고 말았죠.

"우리 사이에 뭔가를 다시 기대한 게 잘못이었나 봐.

더는 욕심 부리지 않을게. 우리.. 그만 하자."

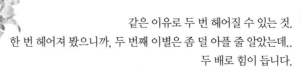

같은 이유로 두 번 헤어질 수 있는 것.
한 번 헤어져 봤으니까, 두 번째 이별은 좀 덜 아플 줄 알았는데..
두 배로 힘이 듭니다.

사랑
이란

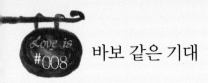

바보 같은 기대

혹시나.. 하고 용기 내서 눌러봤습니다.

그런데 역시나.. 낯선 남자의 목소리만 들려오더군요.

그 사람은 저와 헤어진 후, 바로 전화번호를 바꾼 모양입니다.

전 여전히 그 사람이 한 번쯤 말없이 끊는 전화를 하지 않을까..

바보처럼 기다리고 있는데.. 그 사람은 정말 냉정합니다.

처음 보는 낯선 번호라도 뜨면 혹시 그 사람이 아닐까..

바보 같은 기대를 하는 제가 싫을 만큼, 그 사람은 정말 차갑게도

저를 잊어가고 있나 봅니다.

그런데 저는 왜 이렇게.. 그 사람을 잊기가 힘든 걸까요?

저를 힘들게 하고 아프게 했던 기억들은 떠오르지 않고,

즐거웠던 시간, 행복했던 추억들만 생각나서..

자꾸 그 사람이 보고 싶어집니다.

오늘도 전, 아직도 내가 그 사람을 사랑하고 있는 것 같다고,

그 사람은 끝났을지 모르지만 난 아직 끝나지 않은 것 같다고,

친구들에게 말했습니다.

듣고 있던 친구들은 이제 그만 정신 좀 차리라고,
제발 어리석게 시간 낭비하지 말라고 타이르지만,
아무리 우리가 이별한 지 2년이 지났다고 해도
제 마음이 그대로인 이상.. 인정할 수가 없습니다.
왜냐하면....

헤어졌다는 게 그 사람을 사랑하지 말아야 할
이유가 되는 건 아니니까요.
이별한 후에도, 사랑은 할 수 있는 거니까요.

사랑
이란

조금 더딜 뿐

잊어야겠다는 마음으로 산에 올랐습니다.

잊지 못하면 내가 죽을지도 모른다는 각오로, 열심히 올라갔죠.

숨이 차오는 힘겨움이, 마치 그 사람을 보내고 슬퍼하는

내 심장 소리 같아서, 더더욱 힘을 내 산에 올랐습니다.

마침내 정상에 올라, 마지막으로 그 사람의 이름을 토해냈습니다.

가슴속에 앙금처럼 남아 있는 기억의 찌꺼기마저 모두 버리려고

숨을 몰아, 힘차게 뱉어냈습니다.

그러곤 산에서 내려와 이번엔 바다를 향해 갔죠.

산속의 메아리로 버리고 온 것도 모자라,

아직도 남아 있는 미련이 있다면 파도에 밀려 쓸려가 버리라고

바닷가를 찾았습니다.

시원한 파도를 보니 막혔던 가슴도 뻥 뚫리는 것 같고,

이제 돌아가면 정말 다 잊고 새롭게 시작할 수 있을 것 같았죠.

돌아올 때까지는 그랬습니다.

우리 집 대문을 들어서는 순간까지도 그랬습니다.

내 방 문을 열고 침대에 걸터앉을 때까지만 해도

정말 그랬던 것 같은데..

그런데.. 작년 겨울, 그 사람이 크리스마스 선물로 내게 주었던

목도리가 옷걸이에 걸려 있는 걸 보는 순간..

다 버린 줄 알았던 그에 대한 그리움이,

밀물처럼 몰려오더군요.

봄이 와도 겨울옷을 치우지 못하는 것처럼,

그가 떠났어도 그리움은 버릴 수가 없나 봅니다..

다 버리고 돌아왔다고 생각했는데
여전히 마음에 남아 있는 것.
하지만 미련은 아닙니다.
단지, 그 사람을 잊는 게, 조금 더딜 뿐입니다.

불면증

그 사람과 헤어진 지 오늘로.. 아마 열흘쯤 됐을 겁니다.

그러니까 잠을 제대로 못 잔 지도 열흘쯤 됐겠네요.

이별의 후유증으로 생긴 불면증.

처음 이삼 일은, 그럴 수 있다고 생각했습니다.

사랑하던 사람과 헤어졌는데, 편안하게 잠을 잘 자는 것도

상대방에 대한 예의가 아니라고 생각했습니다.

하지만 5일이 지나고, 일주일이 지나고, 열흘째가 되니,

이젠 이별 그 자체보다 몸이 괴롭고 힘듭니다.

알코올 기운을 빌려 잠을 청해보지만

하나 둘 떠오르는 추억 때문에 가슴은 더욱 아프고..

뜨거운 물에 몸을 담그고 잡념을 없애려고 애써봐도

정신은 더 맑아져 점점 늘어나는 온갖 잡념에 괴로워지네요.

어떤 방법을 써봐도, 어떤 짓을 해봐도, 지독하게 붙어

내게서 떨어지지 않는 그 사람에 대한 기억, 흔적, 추억들..

어쩌다 눈꺼풀이 감기다가도

마지막 끝자락이 파르르 떨리며 되살아나는

그 사람에 대한 기억은, 또다시 뜬눈으로 밤을 지새우게 합니다.

결국 눈은 충혈되고, 얼굴은 말이 아닌 채로 출근했더니

사람들은 속도 모르고 한마디씩 합니다.

연애한 지 몇 년인데 어떻게 아직도 그렇게 뜨거울 수 있냐고..

데이트 그만 하고 잠 좀 자라고..

사랑
이란

잊으려고 애쓰면 애쓸수록 내 기억 속에 더 끈질기게 달라붙는 것.
상처에 딱지가 생겨 떨어져나가듯 자연스럽게 잊힐 때까지 기다리면,
정말 깨끗이 잊을 수 있을까요?

가끔은...
　　　아무 일도 아닌 것처럼

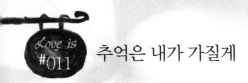

추억은 내가 가질게

미처 생각하지 못했습니다.

정말 그런 생각은, 전혀 하지 못했습니다.

무조건 오래, 되도록 많은 시간을 함께 보내는 게

서로에게 좋을 거라고 생각했죠.

그런데 아니었습니다. 남자친구에게는 상처가 되고 있었습니다.

제가 떠난 후, 혼자 남아 저의 빈자리를 느껴야 하는 남자친구를

전 미처 생각하지 못했던 거죠.

다음 달에 유학을 떠나야 하는 저는

둘이 함께 보낼 시간이 얼마 없음에 마음이 바빠서

틈만 나면 약속해서 영화 보고 놀러 가고,

뭐든 함께하려고 했습니다.

그런데 오늘 남자친구가 메일 한 통을 보내왔더군요.

함께 보내는 시간이 너무 행복하고 즐겁지만,

사실 한편으론 겁이 난다고..

제가 떠난 후 그 빈자리, 그 허전함은 무엇으로 채워야 할지

벌써 두렵다고 하는데..

그제야 제 생각이 모자랐다는 걸 깨달았습니다.

남자친구를 위해서 추억은 만들지 말았어야 했는데..

혼자 되새김질하며 쓸쓸해질 기억은 만들어주지 않는 게

그를 위해 내가 할 일이었는데..

뒤늦게 후회가 되더군요.

한참 동안을 남자친구의 메일을 닫지 못한 채

한 줄, 한 줄 다시 읽어내려 가며, 저도 끝내 눈물을 흘렸습니다.

혼자 남겨질 그 사람을 위해 추억마저 갖고 떠나야 하는 것.
이대로 고스란히 가슴에 담은 채 떠났다가, 돌아오는 날
남자친구 앞에 변함없는 모습으로 나타나겠습니다.

안개꽃 한 다발

한산한 지하철을 타고 가며, 반대쪽 창밖을 보고 있었습니다.

신도림역에서 문이 열리고, 플랫폼에 안개꽃을 들고 서 있는

한 남자가 보였죠.

남자는 꽃을 등 뒤로 숨긴 채 얼굴엔 미소를 머금으며 서 있었고,

그때 지하철에서 한 여자가 내려 그에게 다가갔습니다.

남자는 상기된 얼굴로 꽃을 내밀었고, 여자는 행복하게 웃었죠.

이제 막 사랑을 시작하는 커플인 듯 보였습니다.

그런데 전, 시작되는 연인의 아름다운 모습을 보며,

가슴 아팠던 이별의 순간을 떠올렸습니다.

3년 전, 우리 집 앞에서 안개꽃 한 다발을 들고 서 있었던 그 사람..

그것은 우리의 이별을 말하는 의식 같은 거였죠.

그와 처음 연애를 시작할 때 제가 그런 말을 했었거든요.

혹시라도 이별할 때가 오면, 아무 말도 하지 말고

조용히 안개꽃 한 다발을 안겨달라고..

그럼 그때 서로 구차함 없이 깨끗하게 이별하자고..

처음 그 약속을 할 땐, 정말 우리가 헤어지게 될 줄은 몰랐었고

혹시 헤어지게 되더라도 쿨하고 폼 나게 이별하고 싶은
철없는 생각을 했던 것이었습니다.
이제 와 생각해보니, 이유라도 물어볼 걸 후회가 됩니다.
차라리 나를 더 이상 사랑하지 않는다는
그 사람의 말이라도 들었더라면
아직까지 이렇게 미련하게 기다리고 있지는 않을 테니까요.

자기가 파놓은 함정에 자기가 빠지기도 하는 것.
폼 나게 사랑하고 쿨하게 이별하자고 했던 말이
스스로에게 이렇게 족쇄가 될 줄은 몰랐습니다.

사랑은 또다시 이렇게

'넌 지금 뭘 하고 있을까?

누구와 무슨 얘기를 하며, 어떤 차를 마시고 있을까?

오늘도 모자를 쓰고 나왔을까?

그때처럼 새 구두 때문에 발이 아프다고

맨발로 걷고 있지는 않을까?

한순간이라도, 너는 내 생각을 한 적이 있을까?

나처럼, 좋은 영화를 보고, 멋진 음악을 듣고, 맛있는 걸 먹으며,

너와 함께라면 좋을 텐데.. 상상해본 적이 있을까?

거리의 아름다운 연인들을 보면서

저 여자가 나고, 저 남자가 너였으면.. 바라는 마음을 넌 알까?

꽃집을 지나가다가도 노란 프리지어만 보면 니 생각이 난다는 걸

알기나 할까?

오늘도 제 미니홈피 다이어리엔 그 사람을 향한 짝사랑의 마음을

담은 글들이 줄줄이 쓰여 내려가고 있습니다.

그 사람을 좋아해서 행복했다가,

그 사람을 사랑해서 슬퍼졌다가..

하루에도 수십 번씩 천국과 지옥을 오가며

제 마음과 싸워야 하는 이 힘든 시간..

두 번 다시 겪고 싶지 않았는데

사랑은 또다시 이렇게.. 제게 와버렸습니다.

올 거면, 힘들게 오지는 말지..

어차피 스쳐 지날 사랑이라면 그림자도 보이지 말고,

나 같은 건 외면하고 가버리지..

그 사람의 동정심이 날 더 힘들게 하는 것.
사랑이 아니라면, 차라리 그 사람의 차가운 눈빛이.. 익숙합니다.
그게 더 겪어내기 편합니다.

사랑
이란

소중히 여기는 마음

친구들이 남자친구 좀 보여달라고 난리를 쳐서

고향 가는 길에 그와 동행했습니다.

부담스러워서 싫다고 할 줄 알았더니 그는 흔쾌히 승낙하더군요.

그러더니 막상 친구들과 만난 자리에서 무척 긴장을 하는 그.

그런 그에게 친구들이 돌아가며 술을 권하는데,

마다하지 않고 다 받아 마시는 겁니다. 술도 잘 못 마시면서..

그는 친구들에게 정말 잘 보이고 싶었는지 나중에는

자기가 먼저 권하며 분위기 띄우느라 애쓰더군요.

그 모습을 보고 있으려니 안쓰러우면서도 고마웠습니다.

그런데 잠시 후 그를 두고 잠깐 자리를 비워야 했습니다.

제가 고향에 내려온 건 어떻게 알았는지

근처에 대학교 선후배들이 모여 있다고 연락을 했더라구요.

자꾸 전화 오는데 안 갈 수가 없어서

하는 수 없이 친구들에게 그를 맡겨두고 갔습니다.

그러곤 잠시 그를 잊고 있다가 두세 시간쯤 흘렀나? 아차!

그가 생각나서 서둘러 그와 친구들이 있는 곳으로 달려갔습니다.

가봤더니 한쪽 벽에 기대어 자고 있는 그..

누가 가져갈까 제 가방을 가슴에 꼭 안은 채 쪼그리고 있는 모습에

뭉클함까지 전해졌습니다.

사랑
이란

술 한 잔에는 비틀거려도 서로를 향한 마음에는
전혀 흔들림이 없는 것.
그가 제 가방을 소중하게 껴안고 있던 모습이 바로 그런 마음 아니었을까요?

가끔은 아무 일도 없었던 것처럼

잊을 만..하면 꼭 한 번씩들 물어보는 바람에, 그게 더 힘듭니다.
차라리 혼자 있을 땐 다른 일 하면서
그 사람 생각 안 하려고 애쓰고,
그러다 보면 정말 잊어가는 것도 같은데..

친구들이 저녁 사주겠다고, 술 한잔 사줄 테니 나오라고,
심야 영화 한 편 보는 건 어떠냐고,
먼저 전화해 괜히 만나자고 해놓고는
슬슬 제 눈치를 보다가 불쑥! 잘 추스르고 있던 제 마음을,
다시 한 번 흩어지게 하는 말을 하곤 하거든요.
"이젠 좀 괜찮냐?"
"진짜 잊은 거야?"
"그래, 더 좋은 사람 만날 거야. 근데.. 정말 왜 헤어진 거니?"

자기들 딴에는 절 위로해준다고 하는 말이겠지만,
다 잊고 있던 기억들도 그 말 한마디에 다시 새록새록
아프게 되새기게 된다는 걸 왜 모르는지....
때론 야속하기도 합니다.

그냥 아무 일도 없었던 것처럼

제가 누군가를 사랑한 적도 없었던 것처럼

그 사람이란 존재에 대해선 아예 기억을 상실한 것처럼

그렇게 대해주면 더 편할 텐데.. 그럴 순 없는 걸까요?

어쨌든 이렇게 되고 보니, 그 사람 주변 사람들을 만나지 않았던 건

참 잘한 일 같습니다. 안 그랬다면 그 사람도 저처럼

친구들의 질문 공세에, 많이 힘들 테니까요.

가끔은 아무 일도 없었던 것처럼 하얗게 지우고 싶은 것.
하지만.. 정말 다른 건 다 잊어도, 그와 처음 손잡던 날의
그 떨림은.. 영원히 잊지 못할 겁니다.

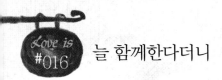

늘 함께한다더니

모처럼 방 청소를 했습니다.

침대랑 책상 위치를 바꿔볼까.. 하고 가구를 옮기는데

침대 밑으로 손에 잡히는 뭔가가 있더군요.

꺼내 보니, 얼마 전 헤어진 그 사람과 나눠 가진 열쇠고리였습니다.

제가 십자수로 만들어 하나씩 가졌었죠.

그 열쇠고리에는 수백 번쯤 잃어버렸던 우리 집 열쇠도 달려 있고,

그 사람과 함께 찍었던 사진도 달려 있었습니다.

순간, 하던 일을 멈추고 털썩 주저앉아 있다가

문득 생각나는 게 있어서

그 사람에게서 받았던 편지를 모아둔 상자를 꺼냈습니다.

선후배 모임에서 몇 년 만에 우연히 만나

서로의 이메일 주소를 주고받으며 시작된 우리의 인연.

그 사람을 만나고 돌아온 날,

반가웠다고 보내온 그의 메일에 제가 답장을 보내고,

그렇게 몇 번을 왔다갔다

서로 이메일을 주고받게 된 것이었습니다.

그 편지들을 오래오래 간직하고 싶어서 프린트를 해서

보관해두고 있었는데, 헤어진 후에도 버리지 못하고

지금껏 갖고 있었던 거죠.

그런데 그땐 그렇게 애틋하게 정성 들였던 일들이

다 쓸데없는 짓이 되었고,

지금은 오히려 저를 가슴 아프게 하는 결과가 돼버리다니..

이럴 줄 알았다면 아무것도 안 했을 텐데..

돌이켜봤자 이미 늦은 후회일 뿐입니다.

특히, 생일날 받은 카드에 써 있는 이 한마디가

더 쓰리고 아프네요.

"20년 동안 니 생일 모르고 지나친 거 미안해.

앞으론 늘 함께할게.."

사랑
이란

헤어진 그 사람이 아직도 내 생일을 기억하고 있는지..
궁금한 것.
난 오늘이 그 사람 생일인 거 기억하고 있는데..

십 년이 지나도

서로를 찾고 있는 남녀..

아닌 척 박수를 치다가, 모르는 척 밥을 먹다가,

자기도 모르게 고개를 들어 서로를 찾고 있는 남녀..

오늘 그 사람과 제가 그랬습니다.

헤어진 지 5년 만에, 후배의 결혼식에서 마주친 그 사람과 나..

시간이 그렇게 많이 흘렀는데도

어색한 인사 한마디 나누지 못한 채

거리를 두고 앉아 있었죠.

식장에 들어가며, '그 사람이 와 있을까?'

기대 반 떨림 반의 마음이었습니다.

입구에 들어서자마자 알은척을 하는 한 후배..

그 테이블에 함께 앉아 있는 그 사람의 뒷모습을 봤습니다.

순간, 제 심장이 덜컹거림과 동시에

그 사람의 어깨가 미세하게 떨리는 게 느껴졌죠.

그 자리에는 도저히 앉지 못하고, 전 일부러 멀리 떨어진

다른 테이블로 가서 앉았습니다.

그 사람의 뒷모습이 잘 보이는 자리로..

신랑 신부가 빨간 카펫 위를 나란히 걷고, 주례사를 듣고,

마지막 행진을 할 때까지 전 그 사람만 바라봤습니다.

5년 전 우리가 헤어지던 날, 희미해지는 그 사람의 뒷모습만

말없이 바라봤던 것처럼..

그러다 잠시 후, 전 완전히 굳어버렸습니다.

고개를 돌려 누군가를 찾는 듯한 그 사람의 눈빛과 마주친 후부터

혹시 또 마주칠까 봐 심장이 두근거려서

고개만 숙이고 있을 뿐이었습니다.

아무리 시간이 흘러도 첫사랑에 대한 그 떨림은
쉽게 사라지지 않는 것.
십 년이 지나도 변함없을 것 같습니다.

사랑
이란

기억력은 사랑과 비례하지

그 사람은 참 기억력이 나쁩니다.

지금까지 수도 없이 얘기했고,

그때마다 꼬박꼬박 확인했음에도 불구하고

오늘.. 또.. 처음 듣는 것처럼 말하더군요.

어쩌다가 가족 얘기가 나와서 동생에 관한 얘기를 했더니

저한테 그러는 거예요. 동생이 있었냐고,

형제는 없다고 그러지 않았었냐고..

그 사람이 그럴 때마다, 처음엔 단순히 기억력이 별로 좋지 않아서

그러는 거라고 생각했습니다.

제 이름도 가끔 헷갈려 하는 사람이니까,

그런 것도 워낙 다른 사람 일에 관심 없어 하는

그 사람의 성격일 뿐이라고 생각했죠.

하지만 그게 아니었던 것 같습니다.

자기가 좋아하는 것에 대해서는 누구보다 세심하고 꼼꼼하게

기억하는 사람이 바로 그 사람인데,

제가 그걸 미처 생각하지 못했습니다.

그 사람은

비 오는 날이면 찾아가는 인사동의 허름한 찻집에서

첫사랑과 듣던 노래를 늘 기억해냈고,

우울한 일이 있을 때마다 먹고 싶어하는 삼청동 국숫집에선

이미 옛사랑이 돼버린 그 첫사랑을 안타까워하며

씁쓸한 표정을 지었다는 걸, 이제야 깨달았습니다.

그 사람은 기억력이 나쁜 게 아니라,

저를 사랑하지 않는 것이었습니다.

사랑
이란

기억력과 비례하는 것.
누군가를 사랑하게 되면, 그 사람이
무의식중에 하는 사소한 버릇까지 내 기억에 스며들게 되니까요.

반복 재생

유난히 좋아하는 게 별로 없었던 그 사람..

그렇다고 특별히 싫어하는 것도 없는 사람이라

그 사람이 크게 웃는 것도, 유난히 화를 내는 것도

본 적이 없었던 것 같습니다.

그래서 전 그에게 투정을 부리곤 했습니다.

가슴이 없는 사람처럼 그렇게 무뚝뚝하게 굴지 말고,

제발 감정 표현 좀 하라고..

그런데 지금 생각해보니, 그나마 그게 다행이었던 것 같습니다.

유달리 좋아하는 것도, 싫어하는 것도 없었던 그 사람이라서

지금은 참 고마운 생각이 듭니다.

안 그랬다면, 그 사람이 좋아하던 노래를 우연히 듣게 되거나,

함께 즐겨먹던 음식을 먹거나,

침이 마르도록 칭찬했던 영화배우가

TV에 나오는 걸 볼 때마다 그 사람이 연상될 테니까요.

오늘은 길을 걷다가 우연히 제 옆을 스쳐 지나가는

누군가가 흥얼거리는 노랫소리에 깜짝 놀랐습니다.

그 사람과 관련된 것으로 딱 하나 기억하고 있는 노래..

제가 불러주는 노래가 듣고 싶다고 처음이자 마지막으로

저에게 요구했던 노래가 있었거든요.

그래서 음치인 제가 열심히 가사를 외우며 연습했고

그의 생일날 불러줬던 적이 있습니다.

그 사람과 헤어진 이후로는 한 번도 부르지도 듣지도 않았는데,

바로 오늘 그 노래를 들었습니다.

스쳐 지나가는 낯선 사람이 부르는 노래를..

열심히 기억해뒀던 것을 이젠 더 열심히 잊어야 하므로 슬픈 것.
눈을 가린다고, 귀를 막는다고 잊히는 게 아닐 텐데..
한동안 제 가슴속에선 그 노래 한 곡만 계속해서 리플레이될 것 같습니다.

사랑
이란

우리 헤어지지 말자

서로 생각할 시간을 갖기 위해 연락 안 한 지 한 달째..

오늘도 여전히 그 사람에게서는 아무 소식이 없습니다.

결국 참다못해, 제가 먼저 전화를 걸었죠.

그리고 만나자고 했습니다. 각자 이 정도 시간이면

생각할 만큼 하지 않았겠냐고..

그리고 약속 장소로 그를 만나러 가면서 수첩을 꺼냈습니다.

아무 준비 없이 그와 마주 앉았다가는

마음에도 없는 말을 할 것 같아서

하고 싶었던 말, 꼭 해야 할 말을 골라 수첩에 적었죠.

그런데 일단 한가득 생각나는 대로 써놓고 보니, 결국은 모두..

미안하고, 보고 싶었다는 얘기였습니다.

그리고 마지막 한 줄에는

그러니까 우리 헤어지지 말자, 난 너 없이 못살 것 같다..는

절실한 한마디를 적으며, 입술을 꽉 깨물었습니다.

사랑 앞에 자존심 같은 건 내세우지 말고,

하고 싶은 말만 하고 오자고.. 솔직하게!

그런데 먼저 와서 기다리고 있던 그를 보는 순간,

연습했던 말들은 까맣게 지워지고,

손에 꼭 쥐고 있던 수첩 속 말조차 백지로만 보였습니다.

그러다 결국 꺼낸 첫마디는..

"헤어질 때 헤어지더라도 좋은 모습으로 기억됐으면 해서..

그래서 만나자고 했어."

그 사람도 뭔가 할 말이 있는 눈치였지만, 이내 입을 꾹 다문 채

침묵으로만 답했습니다. 그리고 잠시 후,

그동안 고마웠다는 한마디를 남기고 자리에서 일어나는 그 사람을

전 쳐다보지도 못한 채, 혼잣말만 되풀이하고 있었습니다.

"우리 헤어지지 말자."

사랑
이란

되돌릴 수 없는 시간을 후회하며,
또다시 그 사람을 그리워하는 것.
한동안 혼잣말하는 버릇이 생길 것 같습니다.

왜냐하면... 사랑하니까요 3

어쩔 수 없는 엇갈림

누가 뭐래도, 전 그를 이해합니다.

누가 뭐라고 손가락질을 해도, 전 그를 용서할 수 있습니다.

왜냐하면.. 사랑하니까요. 누구보다 그 사람을 사랑하니까요.

그 사람과 전 이미 헤어진 사이지만

여전히 제 마음은 그 사람을 향해 있습니다.

이런 저에게 친구들은 그런 남자 잊어버리라고,

더 좋은 남자는 얼마든지 많으니까

하루빨리 잊어버리라고 말합니다.

물론 절 생각해서 해주는 얘기인 건 아는데,

그래도 섭섭한 생각이 듭니다.

자기들도 사랑도 해보고 이별도 해봤으면서,

사람을 잊는다는 게 얼마나 힘든지, 게다가 지금도 사랑하고 있는

사람을 잊어야 한다는 게 얼마나 괴로운 건지 알 텐데,

어떻게 그렇게 쉽게 얘기할 수 있는지..

사실 그 사람은 저를 만나면서 또 다른 여자를 동시에 만났습니다.

그 사람 말로는 처음부터 그럴 생각은 아니었다고,

그냥 호기심으로 만난 사람인데 어느새 이끌려가는 마음을

자기도 어쩔 수가 없었다고 했지만, 전 느낄 수 있었습니다.

이미 그 사람은 그 여자를 알게 된 순간부터

마음속에 그 여자만을 담아뒀다는 걸..

저를 만나고 있으면서도 멍하니 딴 곳을 보거나,

어쩌다 말을 시키면 한 번에 못 알아듣고 꼭 몇 번씩 다시 얘기를

해줘야 했었다는 걸.. 그 사람은 기억하지 못하나 봅니다.

이미 내 사람이 아닌 걸 알면서도
여전히 그 사람이 아니면 안 되는 것.
그 사람도 그 여자가 아니면 안 되니까 절 떠난 것처럼,
사랑은 그렇게 어쩔 수 없는 엇갈림인 것 같습니다.

사랑
이란

사랑.. 때론 우정보다 불편한

다정다감한 그 아이 성격 덕분에

1학년 때부터 동성 친구보다 더 편하게 지냈습니다.

물론 공부보다는 같이 놀러 다니는 걸로 친해지긴 했지만..

어쨌든 그렇게 쌓아온 우정이 벌써 5년째..

친구로만 생각했던 그 아이에게 묘한 감정을 느끼게 된 건

제대로 사랑 한 번 못 해본 그 애가, 이번엔 정말인 것 같다며

회사 동료에 대한 얘기를 꺼낼 때였습니다.

갑자기 질투가 느껴졌죠.

저와 함께 있으면서도 같이 있는 내내 다른 여자의 이름을

끊임없이 얘기하는 그 애가 미울 만큼,

얼굴도 모르는 여자에게 강한 질투를 느꼈습니다.

그래서 고백했습니다. 아무래도 내가 널 좋아하는 것 같다고..

친구가 아닌 남자로 사랑하는 것 같다고..

그렇게 시작된 그 아이와 저의 사랑.

이럴 줄 알았다며 환영하는 친구들의 분위기에 휩쓸려,

이제야 정말 서로의 짝을 찾은 거라고 생각했습니다.

그런데 점점 이건 아니라는 느낌이 들었습니다.

처음엔 너무 오래 친구였던 사이라 그런 줄 알았는데

그냥 친구로 볼 때의 느낌과,

남자친구로 볼 때의 느낌은 좀 달랐습니다.

왠지 불편하고 어색한 느낌을 뭐라 표현할 수가 없었죠.

결국 그 아이와 전.. 서로에게 어울리는 자리로 돌아가기로 했고,

그래서 지금은 그 아이의 애인이 아닌, 누구보다 편한 친구로

그 아이 곁에 남아 있습니다.

때론 우정보다 불편할 수도 있는 것.
하지만 잠시나마 그 아이의 여자친구로 지냈던 시간,
다시는 올 수 없는 그 시간을 감사하게 생각합니다.

서랍 속 추억을 정리할 때

그냥 스쳐 지나가도 좋으니까, 멀리 서 있는 모습만 봐도 좋으니까,

한 번쯤 마주치기라도 했으면 좋겠다는 생각을 했었습니다.

그냥 끊어도 좋으니까, 혹시 잘못 걸린 전화라도 좋으니까,

한 번은 연락이 왔으면.. 기대를 했었습니다.

그러던 어느 날.. 정말 생각지도 못했던 곳에서

그와 마주치게 됐습니다.

그런데 전 한눈에 그를 알아보지 못했습니다.

그토록 보고 싶어 하고, 그토록 궁금해하던 그가

바로 제 눈앞을 스쳐 지나갔는데도, 전 까맣게 모르고 있었습니다.

옆에 있던 친구가 어깨를 툭 치며 누군지 모르겠냐고 묻는데,

그때야 그였다는 걸 알았죠.

순간 저에게 실망했고, 또 동시에 그에게 미안했습니다.

언제 어디서 마주치든 그의 그림자만 봐도

금방 알아볼 수 있을 줄 알았는데, 그를 알아보지 못하다니..

그가 지나가고 나서야 뒤늦게 알아챈 것이, 너무 미안했습니다.

결국 아무 인사도 나누지 못한 채 집에 돌아와, 한참 동안 멍하니
벽만 바라보고 있습니다.
오랜 시간이 흘러도, 아무리 많은 사람 속에 섞여 있어도
한눈에 찾아낼 수 있을 거라고 생각했었는데..
어느새 잊어가고 있었나 봅니다. 그를.. 그리고 우리의 사랑을..

사랑
이란

서랍 속 추억을 정리할 때가 오는 것.
정말 미련 없이 깨끗이 지울 겁니다.
그를 알아보지도 못하면서, 그리워할 자격.. 없잖아요.

이번엔 진짜겠지?

참 바보 같습니다.

사랑하며 상처받았던 기억을 어느새 잊고,

또다시 사랑이란 걸 하고 있으니까요.

두 번 다시 내가 먼저 누군가를 사랑하는 일 따윈 하지 않겠다고

수십 번 약속하고, 수백 번 다짐하고, 수천 번 맹세해놓고..

또다시 사랑이란 걸 외면하지 못하고 있으니까요.

끝이 뻔히 보이는 사랑을 왜 하느냐고,

내가 나를 아무리 타일러봐도

모른 척할 수가 없는 이 마음. 어쩌면 그러니까

이게 진짜 사랑이지 않을까?

또다시 사랑이길, 믿고 싶어하니까요.

상처가 돼버린 예전 그 사랑, 스치듯 걸었던 말 한마디에

의미를 두고 기대했다가 결국 내가 아님에 실망했으면서..

추억이 돼버린 그때 그 사랑, 서로 사랑했지만

마음 하나만으론 이루어질 수 없는 사랑도 있다는 것에

많이 힘들어하고 아파했으면서..

또다시 사랑이길, 간절히 바라고 있으니까요.

'이번엔 진짜겠지? 이번엔 정말이겠지?

다른 사랑은 지금 이 사랑을 만나기 위한 과정이었던 거야.'

또다시 스스로 파놓은 함정에 빠져들고 있으니까요.

하지만 어쩔 수 없습니다.

이번에도 속는 셈 치고 한번 해보겠습니다.

또다시 상처가 된다 해도, 끝까지 가봐야

진짜인지 가짜인지 알 수 있으니까요.

아프고 힘들어도 멈출 수가 없는 것.
아무리 내 맘이래도 내 뜻대로 할 수 없는 게 바로,
누군가를 사랑하는 마음이니까요.

사랑
이란

짝 잃은 반쪽짜리 추억

문득 그가 했던 말이 생각났습니다.

우리가 헤어지기 며칠 전이었죠.

그는 저에게, 자기가 언제 제 생각을 하는지 아냐고 물었습니다.

그리고 바로 이어서 이렇게 말했죠.

비 오는 날,

또 미처 우산을 챙기지 못하고 투덜대고 있을 나를 생각하고,

TV에 내가 좋아한다고 했던 멋진 남자 배우가 나오면

질투심이 생기면서도

그 배우의 어떤 점이 내 마음에 들었을까 생각하고,

누군가 맛있는 거 먹으러 가자고 하면

만두가 세상에서 제일 맛있다고 하던 나를 생각한다고..

그런데 그땐 그냥 흘려들었던 그 얘기가

하나씩 새록새록 제 머릿속에 떠올라 저를 괴롭힙니다.

그와 헤어진 후,

비만 오면 제 생각을 하고 있을 그 사람이 보고 싶고,

드라마나 영화를 보다가 내가 좋아한다고 했던 배우가 나오면

그 사람이 아직도 저 배우를 보며 나를 떠올릴까 궁금하고,

맛있는 걸 먹을 땐 그 사람이 제일 먼저 떠올라 힘이 듭니다.

그리고 혹시라도, 그 사람이 이미 저란 여자는 까맣게 잊고

새로운 사랑에 대한 추억을 만들어가고 있을까 봐

혼자 서운한 마음이 들었다가 또 어느새..

그런 게 당연한 거 아닌가.. 스스로를 다독입니다.

그래야 그 사람도 살 수 있지 않겠냐고..

그래야 나도 그 사람을 잊어줄 수 있지 않겠냐고..

하나의 추억을 나눠 가져야 하는 이별이 가슴 아픈 것.
하지만 이젠.. 짝 잃은 반쪽짜리 추억은 버리고,
각자 새로운 추억으로 채워가길 바랍니다.

사랑
이란

그때도 내가 그를 사랑했을까?

만약 그때 내가 먼저 고백했다면 어떻게 됐을까?

그가 다른 사람 좋아하는 거 알기 전에

내가 먼저 내 마음을 말했다면,

그가 날 사랑할 수도 있지 않았을까?

만약 그날 그 자리에 내가 혼자 나갔다면 어떻게 됐을까?

좀 떨리긴 했겠지만 그래도 한 번쯤 내 마음을

솔직하게 보여줄 수 있는 기회는 됐을 텐데..

만약 그와 내가, 여기가 아닌 다른 곳에서, 다른 일로 만났었다면,

어떻게 됐을까? 그때도 내가 그를 사랑했을까?

그를 향한 사랑이 안타까운 짝사랑으로 끝날 위기에 처한 지금,

전 어리석게도 쓸데없는 가정만 늘어놓고 있습니다.

혹시 그도 날 사랑하고 있는 건 아닐까,

1%의 희망을 가졌던 것조차

부끄러운 순간이지만, 내가 아닌 다른 사람을 사랑한다고 말하는

그 앞에서 어떤 표정으로 앉아 있어야 하는지

아무런 생각도 나지 않는 상황이지만,

이런 순간에도 전 바보 같은 생각만 하고 있습니다.

혹시 그가 내 마음을 떠보려는 건 아닐까,

내 질투심을 자극하려고 저러는 건지도 몰라..라는

말도 안 되는 착각 속에서

아직도 헤어 나오지 못하고 있습니다.

사랑
이란

'만약'이란 가정을 자꾸 해보게 되는 것.
돌이킬 수 없는 순간이라는 걸 알면서도
생각을 떨쳐내기가 쉽지 않습니다.

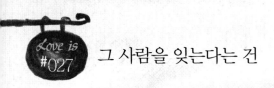

그 사람을 잊는다는 건

그 사람을 잊어가는 중입니다.

더 정확하게 말하면, 잊으려고 애쓰고 있는 중이죠.

잊기 위한 방법으로 여러 가지를 택해봤지만,

그럴수록 깨닫는 건 하나뿐입니다.

그 사람을 잊기가 만만치 않다는 거..

그 사람이 그랬습니다.

우리가 헤어지더라도 자기를 너무 빨리 잊지는 말라고..

그럼 너무 슬플 거라고..

물론 자기도 절 잊으려고 억지로 노력하진 않을 거라고 했습니다.

시간에 맡겨두고 천천히 지워갈 거라고 했죠.

그런데 시간이 갈수록 잊히기는커녕 점점 더 선명해지는

그 사람에 대한 기억 때문에, 도저히 힘들어서 견딜 수가 없습니다.

그 사람이 아주 많이 미웠던 기억을 떠올려보려고 해도

오히려 좋았던 순간만 생각나는데, 도대체 어쩌자고 이러는 건지

제 머릿속 기억을 다 지우고 싶은 마음입니다.

그러다 오늘은 무작정 터미널로 갔습니다.

바다를 볼 수 있는 곳에 가서,

지난 시간은 바닷물에 다 던져버리고 올 작정이었죠.

푸른 바다를 앞에 두고 잠시 멍하니 서 있다가,

모래 위에 그 사람의 이름을 새겼습니다.

파도에 휩쓸려 사라져가면서 내 미련까지 다 가져가 버리라고,

그렇게 이름을 새겼죠. 그런데 한 시간쯤 지났을까?

그곳은 서해 바다였다는 걸 제가 깜빡 잊고 있었습니다.

썰물 때라 그 사람의 이름은 지워지지 않았고,

오히려 더 선명하게, 제 눈앞에 남겨져 있었습니다.

잊으려고 하면 할수록 그 사람에 대한 내 사랑만
다시 확인하게 되는 것.
그 사람을 잊는다는 건 어쩌면 불가능한 일일지도 모르겠습니다.

사랑
이란

그 사람의 짝사랑

학기 초, 갈색 웨이브 머리에 쌍꺼풀이 없고, 하얀 면티와 청바지가

잘 어울리는 그의 모습에 반해, 혼자 짝사랑을 키워왔습니다.

그러다 친구들의 도움으로 그가 가입한 동아리를 알아낸 후,

그렇게 좋아하는 여행 동아리도 탈퇴하고

그를 따라 문학 동아리에 들어갔죠.

또 2학기 수강 신청을 할 때는

그가 신청한 과목을 알아내서 같은 과목을 수강했습니다.

물론 교수님의 강의 내용을 적는 대신

그의 뒷모습만 열심히 그린 덕에,

노트 한 권 가득 그의 뒷모습만 담겨 있죠.

처음엔 그와 같은 공간에 있는 것만으로 충분히 좋았습니다.

그런데 조금씩 욕심이 생겼습니다.

한마디라도 더 나누고 싶고,

그의 표정 변화에 따라 무슨 좋은 일이 있는 건지,

왜 우울해 보이는 건지 궁금한 게 많아졌죠.

그러던 어느 날, 문학 동아리에서 각자의 작품을 돌려 본 후,

그 감상을 얘기하는 뒤풀이 시간이었습니다.

술은 입에도 못 댄다고 했던 그가

독한 소주를 반병이나 비우고 있는 걸 도저히 그냥 둘 수가 없어서

그에게 다가가 술병을 빼앗으며 말렸죠.

그랬더니 처음으로 저와 눈을 마주치며 그가 말했습니다.

제가 쓴 시를 읽고 감동받았다고..

마지막 구절은 딱 자기 마음 같아서 벌써 외우기까지 했다고..

그도 저처럼, 누군가를 열심히 짝사랑하고 있었다는 걸

그때 처음 알았습니다.

내가 짝사랑하는 그 사람의 짝사랑이 안타까운 것.
물론 그의 사랑이 제가 아닌 것은 슬프지만,
그래도 그가 아프지 않았으면 좋겠습니다.
저 혼자 다 아플 테니, 그 사람만은 그녀에게 사랑받으며
행복했으면 좋겠습니다.

사랑
이란

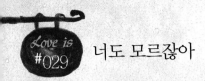

너도 모르잖아

그가 지금 제 앞에서 다른 사람을 사랑한다고 말하고 있습니다.

그것도 아주 설레는 표정으로, 너무도 해맑게 웃으면서..

하지만 또 어느새.. 슬픈 얼굴로 묻습니다.

여자들은 왜 그렇게 눈치가 없냐고..

아무리 자기한테 관심이 없다고 해도, 그 정도 힌트를 주면

뭔가 이상한 느낌은 받아야 되는 거 아니냐고..

그 순간 그러는 넌 왜 내 마음을 모르냐고..

눈치 없고, 센스 없고, 무디고, 사람 힘들게 하는 건

너도 똑같다고 말하고 싶었지만,

차마 입 밖으로 꺼내지는 못한 채 한숨만 쉬었죠.

그런데 그는 또 이런 말을 하더군요.

자긴 누가 자길 좋아하면 금방 알아챌 수 있을 거라고..

눈치 없이, 매너 없이, 그 마음 몰라주면서

상대방 마음 아프게 하는 짓 따윈 절대 하지 않을 거라고..

그 얘기를 듣고 있다가 결국 끝내 참지 못하고,

속에 담고 있던 말을 해버렸습니다.

"그 사람이 정말 니 마음 모를 수도 있어.

그러는 너도.. 내 마음 모르잖아.."

그의 설레는 얼굴이 내겐 세상에서 가장 슬픈 것.
그의 웃는 얼굴을 사랑하지만,
다른 사람 때문에 행복해하는 모습까지 사랑할 만큼,
제가 착한 사람은 아닌가 봅니다.

사랑
이란

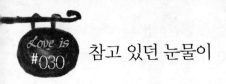

참고 있던 눈물이

저는 직장인, 그는 학생. 그러다 보니 늘 그를 기다리게 합니다.

약속 시간을 여유 있게 정해도 예측할 수 없는 회사 일 때문에

이미 회사 앞에 와 있는 그를 몇 시간씩 기다리게 해야 하는 경우가 많죠.

그래서 언제나 그에게 미안하고, 가끔 눈치가 보일 때도 있지만

그렇다고 제가 그의 눈치를 보기 시작하면

우리 사이가 점점 껄끄러워질까 봐

아무렇지 않은 듯 행동하려고 노력합니다.

가끔 회사 일이 늦게 끝나면 그에게 전화 걸어 포장마차에서 파는

우동 한 그릇 사달라고 조르고 싶지만,

공부하고 있는데 혹시 방해가 될까 봐

그럴 때마다 몇 번씩 휴대폰을

열었다 닫았다 하다가 그냥 집에 들어오곤 합니다.

그런데 오늘, 며칠째 사무실 분위기를 냉랭하게 하더니

결국 폭발해버린 부장님한테 고스란히 당하고,

어디 하소연할 데도 없어서 그냥 집까지 힘없이 걸어오던 중이었습니다.

그에게서 전화가 왔죠. 그의 이름이 뜬 휴대폰을 보는 순간,

울컥 눈물이 났지만, 목소리를 가다듬고 전화를 받았습니다.

운 것 같은 목소린데 무슨 일 있냐고 묻는 그에게,

그냥 피곤해서 그렇다고 안심시키고 전화를 끊으려는데,

그가 말했습니다.

"아무 일 없다는 사람이 왜 땅만 보구 걸어? 어깨두 축 쳐져서

영~ 힘이 없어 보이는데 뭘~ 나도 오늘 기분 별론데,

맥주나 한잔할까?"

너무 놀라 고개를 두리번거리며 주위를 둘러봤습니다.

그랬더니 골목 뒤에서 모습을 나타내는 그..

오늘 하루 종일 그렇게 보고 싶던 그가

환하게 웃으며 저에게 다가오는데, 마치 꿈만 같았죠.

그 순간 주체할 수 없는 감동과 설움이 뒤섞여,

그대로 달려가 그의 품에 안겨 어린아이처럼 엉엉 울어버렸습니다.

참고 있던 눈물이 그 사람 앞에서 터져 나오는 것.
세상에서 그렇게 따뜻하고 넓은 가슴은 처음이었습니다.

단지
친구일 뿐이라고 생각했습니다

달콤한 잔소리

얼마 전 이별을 겪고 쓸쓸해하는 친구를 위로해줄 마음으로

오늘 만나자고 했습니다.

그런데 눈치 없이 자꾸 전화를 해대는 남자친구..

다른 때는 그렇게 전화 좀 하라고 해도 안 하더니,

하필 실연당한 친구랑 만나고 있을 때 전화를 하는지..

밉기까지 하더군요.

앞에 앉아 있는 친구한테 눈치 보여서

남자친구에게 화를 내버렸습니다.

"친구도 없어? 나 오늘 약속 있다고 했잖아.

또 한 번 전화하면 일주일 동안 전화 못 하게 한다. 끊어!"

그러곤 제 앞에서 어색하게 웃고 있는 친구에게

남자친구 흉을 보기 시작했습니다.

남자친구가 아니라 동생 하나 키우는 것 같다고..

어떨 땐 괜히 자기가 어른인 척 어찌나 잔소리를 하는지

야한 옷은 입지 마라.. 머리는 어떤 스타일로 해라..

여자가 술 취해 다니면 안 된다..

너무 귀찮게 잔소리를 해서 정말 헤어질 생각까지 했었다고..

그랬더니 가만히 듣고 있던 친구가 그러더군요.

그럴 때가 좋은 거라고..

자기는 그런 사랑 못 받아서 헤어진 거라고..

그리고 한마디 덧붙이며, 저를 할 말 없게 만들었습니다.

"이미 넌 남자친구의 잔소리에 길들어서

그게 없어지면 하루도 못 견딜걸? 내 말이 맞지?"

그의 잔소리가 곧 나에 대한 관심이고 사랑인 것.
갑자기 그의 정신없는 잔소리가 달콤하게 들리는 것 같습니다.

사랑
이란

제일 먼저 떠오르는 얼굴

그의 마지막 면접 날이었습니다.

좋은 결과가 있길 빌며 그에게 힘내라고

응원의 문자 메시지를 보냈죠.

그리고 그때부터 하루 종일,

함께 면접을 보는 마음으로 긴장하고 있었습니다.

그러다 실수로 부장님께 결재 서류를 잘못 드려,

정신을 어디다 두고 있는 거냐고 꾸중을 듣기도 하고,

커피를 건네는 후배의 손을 툭 치는 바람에 그대로 쏟아서

잠시 민망한 순간도 있었고, 점심을 먹으면서도

긴장해서 밥도 제대로 못 먹고 있을 남자친구가 생각나

저도 먹는 둥 마는 둥 대충 때웠습니다.

중간에 한번 힘내라고 문자를 보내볼까.. 하다가

혹시라도 면접 도중에 휴대폰이 울려 점수나 깎이지 않을까..

조심조심 그냥 잠자코 기다리기만 했죠.

그리고 얼마 후, 그에게서 전화가 왔습니다.

풀 죽은 목소리로 그러더군요.

"지영아.. 나야.. 저기...."

머뭇거리며 입을 떼는 그의 목소리를 듣는 순간,

더 이상 긴 얘길 시키는 건 그에게 고문일 것 같아서

얼른 그의 말을 가로챘습니다.

"야, 일루 와! 밥이나 먹자!"

그러곤 바로 전화를 끊고,

그에게 한 줄의 문자 메시지를 보냈습니다.

"나한테 전화해줘서 고마워.."

힘들고 지쳐 쓰러지고 싶을 때 제일 먼저 떠오르는 얼굴..
그에게 바로 제가 그 첫 번째였다는 사실이 마냥 행복합니다.

언제쯤이면 아무렇지 않을 수 있을지

데이트가 끝나면 집까지 꼬박꼬박 바래다주던 그 사람..
그러곤 집에 잘 갔을지 걱정하는 날 위해
자기도 이제 집 앞이라며 전화를 해주던 자상한 그 사람..

어느 날부턴가는 집에 들어갈 때 조금이라도
내 목소리를 더 듣는 게 좋다고, 일부러 몇 정거장 미리 내려
걸어가며 전화를 하던 그 사람..
친구들이랑 술 한잔한 날에도 어김없이
적당히 마시고 이제 집에 들어가고 있으니 걱정 말라고,
자기 없이 오늘 저녁 심심하지 않았냐고 전화해주던 그 사람..

지금은 누구랑 통화를 하며 걷고 있을지 궁금해졌습니다.
나 아닌 다른 여자의 목소리를 들으며,
그녀의 하루가 궁금하다고 말하고 있는 건 아닌지,
질투가 났습니다.

그러다 무심결에 단축 번호를 눌러버렸고,

귀에 익은 컬러링이 들리는 순간,

정신을 차리곤 전화를 끊고 휴대폰 배터리를 빼버렸습니다.

오늘 또.. 바보 같은 실수를 해버린 제가.. 싫습니다.

오늘 또.. 멍청이 같은 짓을 해버린 제가.. 미워 죽겠습니다.

질투에 눈이 멀어 바보 같은 실수를 반복하는 것.
언제쯤이면 그를 떠올려도 아무렇지 않을 수 있을지..
자고 일어나면, 10년쯤 훌쩍 지난 후였으면 좋겠습니다.

사랑
이란

그래서 바다를 찾나 봅니다

처음엔 그에 대한 마음을 정리하겠다고
멀리 동해 바다까지 온 거였습니다.
오랫동안 친구로 만나온 사이..
괜히 고백했다가 둘도 없이 좋은 친구 관계마저 끝날까 봐
그에 대한 내 마음만 정리하면 문제없을 거라는 생각에
정리하자 마음먹고 떠나온 거였죠.

그런데 함께 여행을 온 친구와 저녁노을을 보며
분위기에 젖어 한 잔 두 잔 마시다 보니 취기가 점점 오르고,
정리하자 먹었던 마음은 마지막으로 한 번, 고백이나 해봐야
후회는 없지 않겠느냐는 쪽으로 결론이 내려지더군요.
그래서 친구에게는 잠시 화장실에 다녀오겠다고 말하고
그에게 전화를 걸었습니다.
심호흡을 크게 몇 번 하고, 어떤 말부터 꺼낼까 연습을 하며,
그가 전화를 받기만 기다리고 있는데, 받지 않는 전화..
역시 내 사랑은 이렇게 빗겨 가는 건가.. 포기하려다가
정말 마지막이라는 마음으로 통화 버튼을 눌렀습니다.
그런데 신호가 떨어지자마자 전화를 받는 그.

순간 너무 당황해서 아무 말도 생각나지 않았습니다.

연습했던 말은 하나도 못 하고, 엉뚱한 말만 해버렸죠.

"여기 어디~게? 동해 바다다! 파도 소리 들려주고 싶어서

휴대폰에 저장된 번호 순서대로 전화해보고 있는데,

역시 이 시간에 전화 받는 사람은 너뿐이구나?"

고백하려고 수십 번, 수백 번 마음은 먹지만
막상 그 사람 앞에선 말하지 못하는 것.
그래서 사람들은 자꾸 바다를 찾나 봅니다.

사랑
이란

우린 정말 좋은 선후배일 뿐이라고

동아리 후배의 생일, 방학 중에 모임이 소집됐습니다.

가장 먼저 그에게 전화를 걸었죠.

오늘 갈 거냐고.. 그랬더니

그, 제가 가면 자기도 가겠다고 하더군요.

그는 늘 이런 식입니다.

장난처럼 농담처럼 저에 대한 애정을 말하는데

솔직히 그게 진심인지,

진짜 후배로만 이뻐하는 건지 잘 모르겠거든요.

그래서 오늘은 단단히 결심했습니다. 술이라도 한잔하게 되면,

오늘은 그의 진심을 꼭 알아내겠다고...

사실은 며칠 전, 제가 미니홈피 게시판에

그에 대한 제 마음을 슬쩍 고백한 적이 있습니다.

그와 저는 일촌이 아니라서 그가 제 글을 읽진 못하지만

다른 선배들이 읽고 전해주길 은근히 바랐거든요.

그런데 역시, 모임에 나가자마자 선배들은

우릴 앉혀놓고 진실을 말하라고 난리였습니다.

니가 말하는 그란, 바로 윤재 선배가 아니냐고..

둘이 유난히 친하게 지낼 때부터 이상 기류를 느꼈다고 하는데..

속으론 좋았지만, 일단 그의 반응을 살폈습니다.

그가 인정하는 것 같으면 그 자리에서 바로

고백해버리려고 했거든요.

그런데 조용히 듣고 있던 그, 입을 여는데..

한마디로 우리 사이를 정리해버리더군요.

우린 정말 좋은 선후배일 뿐이라고..

그 이상도, 그 이하도 아니라고..

기대는 늘 빗나가고 우려는 언제나 적중하는 것.
혹시나 했던 그의 마음은 역시나일 뿐이었습니다.

실수로 들킨 마음

컴퓨터를 켜면 저절로 로그인이 되는 메신저..
덕분에 그가 지금 자리에 있는지 없는지 알 수가 있습니다.
노란 불이 들어와 있으면, 그 사람도 지금 컴퓨터 앞에서
열심히 일하는 중이겠구나.. 싶어서
한번 말이라도 걸어볼까? 했다가 방해할까 봐 꾹~ 참고..
자리 비움으로 표시되어 있으면 어디 갔을까 궁금해하고,
오프라인으로 되어 있으면 왜 안 들어오나.. 기다리고..

사랑에 빠지면 메신저 하나 갖고도 여러 가지 생각이
꼬리를 물고 번져갈 수 있다는 걸..
그를 사랑하면서 깨달았습니다.
그리고 평소 제가 이렇게 수다쟁이인 줄도 몰랐습니다.
만나는 사람마다 그에 대한 얘기를 하고 싶어서
입이 근질근질하거든요. 그런데 그렇게 수다 떠는 것도 모자라,
메신저로 후배랑 얘기를 한다는 게 그만,
큰 실수를 저지르고 말았습니다.
생각만 해도 얼굴이 빨개지는 사건이죠.

사실 그는 오래된 친구인데, 후배가 그 사람이랑 유난히 친하게

지내는 사이라, 후배에게 조언을 구할 생각이었습니다.

그래서 후배 이름에 클릭을 하고, 메신저로 부탁을 했죠.

그가 나에 대해서 어떻게 생각하는지 슬쩍 떠보기만 해달라고..

눈치 빠른 그에게 들키지 말라고 신신당부까지 하면서..

그런데 이어진 답글은, 후배의 말이 아니었습니다.

저를 당황하게 한 글은 바로, 그의 대답이었죠.

메신저로 말을 걸 땐, 닉네임을 잘 보고 시작하라는 그의 답글..

그리고 그런 건 자기한테 직접 물어보는 게 빠르지 않겠냐는 글까지..

정말 그때만 생각하면 쥐구멍이라도 찾아 들어가고 싶은 심정입니다.

아직 그의 마음은 확실히 모르지만

이왕 제 마음 들켜버린 거, 이젠 정면 승부해봐야겠죠?

실수로 들킨 마음, 어쩌면 그것이 기회일 수도 있는 것.
그렇게 믿고, 용기 내 고백해보겠습니다.

고백이라도 한번 해볼걸

점심을 먹고 난 후 식곤증으로 졸고 있던 중이었습니다.

그 녀석에게서 전화가 왔죠.

그런데 순간, 잠이 확 달아나 버렸습니다.

남의 속도 모르고 뭐가 그렇게 좋은지,

여자한테 고백을 받았다며 자랑하듯 전화한 그 녀석..

평소 농담처럼 그 녀석에게 관심이 있다고 말하는

과 동기들이 있긴 했지만, 정말 그 녀석에게 저보다 먼저

고백할 사람이 있을 거라곤 미처 생각하지 못했거든요.

그런데 그 녀석은, 자기가 인기가 많은 줄은 알았지만

이렇게 고백까지 받게 될 줄은 몰랐다고..

제 눈에만 자기가 별 볼일 없어 보이지,

다른 여자들한테는 킹카라고 큰소리를 치더군요.

물론 속으론 늘 그 녀석만한 남자가 없다고,

그래서 언젠가 나에게 애인이 생긴다면

그건 바로 그녀석일 거라고 생각하곤 했는데..

이렇게 다른 여자의 고백을 받았다고 좋아하는 녀석을 보니,

이 당황스런 상황에 어떻게 대처해야 할지 혼란스러웠습니다..

일단 흥분한 그 녀석부터 진정시켜야겠다는 생각에 한마디했습니다.

그렇게 괜찮은 여자애가 왜 너한테 고백을 했겠냐고..

분명 다른 꿍꿍이가 있을 거라고..

제가 생각해도 말도 안 되는 소리였습니다.

역시나 녀석은 저의 말에 절대 넘어가지 않더니,

오히려 저에게 그러더군요.

"니가 자꾸 그러면 질투하는 걸로밖에 안 보여.

그렇게 생각해도 되냐?"

하지만 제 자존심에 그렇다고 대답할 순 없었습니다.

그리고 결국 그의 사랑을 인정해줄 수밖에 없었습니다.

왜냐하면 아무리 억지를 써도 녀석에게 고백한 그녀는

같은 여자가 봐도, 꽤 괜찮은 여자였으니까요..

얼굴도 예쁘고, 공부도 잘하고, 심지어 성격까지 좋아서

아무리 단점을 찾으려야 찾기가 힘든 여자였으니까요.

망설이다 고백 한번 못 해보고 놓쳐버리는 것.
고백이라도 한번 해보고 차였다면 아쉬움은 없었을 텐데..
아무래도 이 아쉬움은 쉽게 사라지지 않을 것 같습니다.

사랑
이란

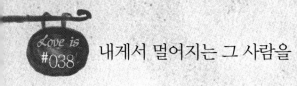

내게서 멀어지는 그 사람을

단지 친구일 뿐이라고 생각했습니다.

솔직히 그는 잘생긴 얼굴도 아니고..

그렇다고 특별한 매력이 있는 것도 아니고..

너무 편하기만 해서, 친구로는 최고라고 생각했죠.

그런데 그는 저를 이성으로 생각하고 있었다고 하더군요.

얼마 전 술에 취해 전화를 하더니..

할 말이 있다고 자는 사람 깨워놓고 횡설수설 말을 하는데,

들어보니 그동안 저를 좋아하고 있었다는 얘기였습니다.

그래서 그동안 매일 아침 바나나 우유를 먹을 때마다

한 개 더 사서 저와 함께 마셨고, 제가 친구들이랑 강의까지 빼먹고

미팅을 하러 가도 노트 필기 꼼꼼하게 해서 보여주고,

시험 때는 족보까지 만들어서 저한테만 준 거라고..

그때까지만 해도 그의 고백을 대수롭지 않게 생각했습니다.

아니, 중요하게 생각하고 싶지 않았습니다.

일단 저는 그에게 마음이 없다고 생각했기 때문에

다음날 아침 그가 고백한 걸 후회하고

예전처럼 친구로 편하게 지내자고 해주길 바랐죠.

그런데 그날 이후로, 그는 저를 아예 모른 척하고 있습니다.

아침마다 바나나 우유를 함께 먹자고도 안 하고,

노트 필기를 대신 해주는 일도 없고, 저에겐 관심조차 보이지 않는데..

그가 저한테서 멀어져 갈수록 불안해지는 이 느낌은 뭔지..

어느새 저도 그를 사랑하게 된 걸까요?

사랑
이란

내게서 멀어지는 그 사람을 붙잡고 싶은 것.
사랑은 왜 곁에 있을 땐 알지 못하다가
떠나고 나서야 깨닫게 되는지 모르겠습니다.

그토록 사랑했던 우리가

비 오는 날이면 창 넓은 카페에 앉아

빗소리 듣기를 좋아했던 우리..

그래서 아침부터 비가 오는 날이면

그는 어김없이 전화를 하곤 했습니다.

퇴근 후에 드라이브시켜줄 테니 기다리라고..

덕분에 우리에겐 단골 카페가 있었습니다.

비 오는 날이면 꼭 찾아오는 우리 커플을 기억하고,

언제부턴가 주인 아저씨는 우리를 위해 창가 자리를 비워두셨죠.

카페에 들어서면, 우리가 앉을 자리에

'예약석' 이라고 써 있는 게 보였거든요.

그런데 그땐 그렇게 행복했던 일들이

이젠 저를 가장 힘들게 하는 추억이 돼버렸습니다.

오늘처럼 비가 오는 날이면, 창가에 부딪히는 비 소리가 들리고,

그럼 그 카페가 생각나고,

결국 그를 떠올리지 않을 수가 없으니까요.

그래서 오늘은 퇴근 후에 혼자서 카페를 찾아가 봤습니다.

여전히 '예약석'이란 글씨가 보이고, 제가 들어가자

주인 아저씨는 왜 이렇게 오랜만에 왔냐며,

그 자리로 안내해주셨죠.

늘 그와 함께, 나란히 앉았던 자리에, 혼자 앉아 커피를 마셨고..

무심코 내려다본 테이블에 적힌 수많은 낙서를 천천히 보다가,

우리의 흔적도 발견했습니다.

'2004년 11월 11일.. 삼순이&삼식이 3주년 기념일.'

1년 전만 해도 이토록 사랑했던 우리가, 왜 지금은

전화 통화조차 할 수 없는 사이가 됐는지..

사랑의 뒷모습이 이토록 냉정할 줄은 미처 몰랐습니다.

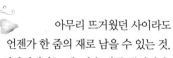

아무리 뜨거웠던 사이라도
언젠가 한 줌의 재로 남을 수 있는 것.
후~ 불면 날아가 버릴 시간이었다는 게, 가슴 아플 뿐입니다.

끝내 보내지 못한 편지

출퇴근하며 읽을 만한 책을 고르던 중이었습니다.

어떤 책을 다시 읽어볼까..

손가락으로 하나씩 훑어가다가, 한 권의 책 앞에서 손이 멈췄죠.

「상실의 시대」라고 써 있는 제목을 속으로 되뇌며

뽑아든 그 책의 겉장을 들춰보는 순간,

몇 년 전 일들이 하나의 필름처럼 순식간에 지나갔습니다.

그 책, 맨 앞장에 쓰여 있는 예전 그의 메일 주소 하나로 인해..

우연히 학교 동창회에 나갔다가,

그곳에서 졸업 후 처음 그를 만났었죠.

여전히 멋진 모습이었고,

그날 이후로 온통 그 사람 생각만 났습니다.

그래서 결국, 그날 모임에서 헤어지며 주고받았던 메일 주소로

고백의 편지를 보냈고, 그렇게 우리는 사랑을 시작하게 됐죠..

하지만 그 사랑은 오래 가지 못했고,

1년 정도 사귀다가 정말 사소한 오해로 헤어지게 됐습니다.

그리고 올해로 그와 헤어진 지 3년쯤 지났는데,
요즘도 가끔 어떻게 살고 있는지 궁금해지곤 합니다.
'나보다 더 괜찮은 여자 만나서 행복하게 잘 살고 있겠지?'
'가끔은 내 생각도 할까?'

그런데 오늘은 불쑥, 그 궁금한 얘기들을 적어서
메일 한 통 보내고 싶더군요. 그래서 컴퓨터 앞에 앉아
한 줄 한 줄 쓰기 시작했습니다.
그리고 마지막으로 '보내기'만 클릭하면 되는 순간..
결국 보내지 못하고 인터넷 창을 닫아버리고 말았습니다.

끝내 보내지 못한 편지 같은 것.
물어보고 싶은 게 많지만 그냥 궁금한 채로,
혼자 그를 추억하는 게 더 좋을 것 같습니다.

그 사람의...
눈길이 느껴졌습니다

5

나를 외롭게 하는 것

나는 하루 세 끼 다 챙겨 먹지 못해도

그에게 끼니때마다 문자 날리는 건 빼먹지 않고,

눈 오는 날, 나는 목도리랑 장갑 안 챙기고 나가도

그에겐 꼭 챙겨 가라고 전화해주고,

사랑하면, 다들 이렇게 하는 줄 알았습니다.

사랑하면, 이렇게 하는 게 당연한 거라고 생각했습니다.

그런데 그 사람은, 제가 처음 연애할 때부터 늘 챙겨주기만 했더니

받기만 하는 게 습관이 됐는지, 이젠 웬만한 것에는 감동도 안 하고

오히려 귀찮다고 말해서 저에게 상처를 주곤 합니다.

그래서 한번은 큰 결심을 했습니다.

아침에 문자도 안 보내고, 점심때 뭐 먹었는지 물어보지도 않고,

비가 오나 눈이 오나 날씨 챙겨주는 것도 절대 하지 않고,

그를 향해 가는 모든 관심은, 당분간 휴업을 하기로

그런데 더 답답하고 걱정되는 건 오히려 제 쪽이었고

그 사람은 전혀 반응이 없더군요.

퇴근해서 집에 왔을 시간인데도 전화 한 통 없고,

평소라면 이미 잠자리에 들었을 시간이 지났는데도

꿈쩍 않는 휴대폰을 보며, 결국 참다못해 제가 전화를 걸었습니다.

그랬더니 이 남자, 귀찮은 듯 길게 하품을 하더니

오늘 휴대폰 충전 안 해 갖고 나갔냐고,

연락 없기에 그냥 그런 줄 알았다고,

전혀 문제의 심각성을 모르는데..

전 그대로 할 말을 잃어버렸습니다.

무심한 그 사람의 성격이 나를 외롭게 하는 것.
계속 이런 일이 반복된다면, 저도 어디까지 참을 수 있을지..
모르겠습니다.

눈이 마주치는 순간

한 남자의 눈길이 느껴졌습니다.

힐끔힐끔, 유리창에 비친 제 모습을 몰래 훔쳐보는 남자의 눈빛이,

저에게 포착돼버렸지요.

그런데 그 남자만 들킨 게 아니라, 저도 딱 걸려버린 사건!

출근길에 플랫폼에서 자주 마주치는 남자..

거의 매일 같은 시간에 만나다 보니,

오늘은 저도 모르게 아는 척, 인사를 할 뻔했습니다.

지하철에 타고, 우연히 나란히 앉게 된 그 남자와 나..

다른 사람들은 타자마자 고개 숙이고 잠을 잘 태세를 갖추는데,

그 남자와 저만 말똥말똥 눈을 뜨고 있었습니다.

자다가 갑자기 고개 뚝! 떨어지는, 그 추한 모습을

어떻게 서로에게 보여줄 수 있겠어요?

그래서 그 남자도 아마.. 저처럼 잠을 잘 수가 없지 않았을까..

그렇게 생각합니다.

그런데 어디 눈 둘 곳도 마땅치 않고,

오늘따라 책 한 권, 신문 한 장 못 들고 지하철을 탔더니
정말 심심하더군요. 그래서 괜히 이리저리 눈동자를 굴리다가
그 남자와 눈이 딱! 마주쳤습니다.
서로 맞은편 유리창에 비친 상대방의 모습을 찾다가
눈이 마주친 그 남자와 나..
우린 누가 먼저랄 것도 없이 눈인사를 나눴고,
그 후 내릴 때까지 다시는 쳐다보지 못했죠. 부끄러워서..

눈이 마주치는 순간, feel이 통하는 것.
그 남자 오늘밤 제 로맨틱한 눈빛이 아른거려서
잠 못 이루는 건 아닌지.. 좀 미안하네요.

사랑
이란

너만 알아주면 돼

우리가 처음 만났던 날, 그날의 외모는 정말 최악의 상태였는데..

그래서 이 남자랑은 인연이 아니구나.. 그렇게 생각했었는데..

참 이상합니다. 인연이 되려니까 정말 말도 안 되는 희한한 것에

그 남자는 반했다고 하더군요.

소개팅을 하던 날, 그날따라 입을 만한 건

모두 빨래 통에 들어가 있고,

그나마 하나 건진 게 옷걸이에 걸려 있던 니트였습니다.

옷걸이 자국이 그대로 남아 어깨가 툭! 튀어나온 니트..

하지만 급한데 별 수 있나요?

'겉옷을 안 벗으면 되지 뭐..'

그런 생각으로 그냥 입고 나갔습니다.

그런데 그 남자, 첫 만남부터 삼겹살에 소주나 한잔하자고,

자기가 잘 아는 고깃집이 있다고 데리고 가는데..

워낙에 저도 고기를 좋아하는 터라, 생각 없이 그냥 따라갔죠.

근데 기름이 튀니까 앞치마를 입으라고 권하는 남자..

자상하게 챙겨주는 마음이 고마워서

저도 모르게 겉옷을 벗고 앞치마를 걸쳤는데..

나중에 떠올랐습니다. 양쪽 어깨가 툭~ 올라와 있을 니트가..

그런데 좀 더 친해진 후에, 그 남자가 그러더라구요.

자기가 챙겨주고 싶은 마음이 든 여자는 처음이었다고..

그 모습이 마냥 귀엽게만 보이고 자꾸 생각나기에

또 전화한 거였다고..

남들은 절대 찾아낼 수 없는 내 매력을
그 남자만이 알아주는 것.
이런 걸 천생연분이라고 하는 거죠?

나보다 괜찮은 여자는 없다구

주위에 좋은 사람 있으면 자기한테 소개 좀 시켜달라는 남자.

눈치가 없는 건지, 일부러 저를 떠보는 건지 모르겠습니다.

내가 자기한테 마음 있는 거, 정말 모르고 그러는 걸까요?

어쨌든 시큰둥하게 소개팅 주선을 약속했죠.

"원래 사람들은 끼리끼리 노는 건데, 별 볼일 없는 나 같은

여자 주위에 니가 원하는 타입의 여자가 있겠니?

그래도 꼭 나한테 소개를 받아야겠다면, 한번 주선해보지 뭐.."

그런데 기다렸다는 듯이 1초도 망설이지 않고

오케이를 해버리는 남자..

그동안 어떻게 참았는지 신기할 정도였습니다.

약이 오른 저로선,

그냥 그렇게 다른 여자와 잘되길 바랄 수는 없더군요.

그래서 최대한 저보다 조건이 별로인 친구를 골라 전화를 걸었죠.

친구한테는 조금 미안한 일이지만, 나중에 괜찮은 사람 제대로

소개시켜주는 걸로 빚 갚으면 된다는 생각이었습니다.

그러다 정말 둘이 잘되면 어떻게 하냐구요?

그거야 운명에 맡기는 거죠.

두 사람이 정말 인연이라면,

제가 막는다고 막아지는 건 아닐 테니까요.

그 사람에게 나보다 더 괜찮은 여자는 없다는 걸
확인시켜주는 것.
하루빨리 그가 저의 진가를 알아주길 바랄 뿐입니다.

다른 여자에게 잘해주지 마

처음엔 자리만 마련해줄 생각이었습니다.

대학 때 친했던 남자 동기에게 직장 후배를 소개해줬거든요.

그런데 둘 다 숙맥이라, 초반에 어떤 식으로 해야 할지

어쩔 줄 몰라 하는 거예요. 그래서 제가 양쪽으로 훈수를 뒀죠.

남자 동기에겐 남자로서

어떻게 리드하는 게 멋있는지 코치해주고,

여자 후배에겐 여자로서 어떻게 내숭을 떨어야 하는지

그동안 직간접적으로 쌓아온 노하우를 전수해줬습니다.

그때까지만 해도 전혀 몰랐죠.

둘 사이의 늪에 제가 이렇게 깊이 빠지게 될 줄은..

단지, 외로운 청춘 남녀 짝 지어주겠다는

좋은 맘으로 시작한 일이었는데..

결국 그 마음은, 질투로 변질되어버렸습니다.

친구에 대한 제 마음이 사랑이라는 걸 깨달은

결정적인 계기가 있었거든요.

좀 더 가까워지려면

남녀가 함께 술을 마셔봐야 한다고 부추겼더니,

이 두 숙맥이 저도 같이 만나자는 겁니다.

그래서 이왕 연결시켜주기로 한 거,

끝까지 책임지자는 생각으로 나갔죠.

그런데 여자 후배에게 잘 보이려고 애쓰는 친구를 보는데,

순간 속에서 뭔가가 울컥! 치밀어 오르는 거예요.

내가 왜 이러나, 저도 제 맘을 다독이며 참았죠.

그런데 집에 갈 때 후배가 잠깐 비틀거리는 걸 친구가 잡아주는데..

그건 못 참겠더라구요. 그래서 불쑥 말했죠.

"야, 우리 후배는 내가 집에 데려다 줄게. 얘네 집이 엄해서

남자가 데리고 온 거 부모님이 보시기라도 하면 큰일 나거든."

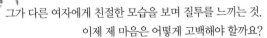
그가 다른 여자에게 친절한 모습을 보며 질투를 느끼는 것.
이제 제 마음은 어떻게 고백해야 할까요?

끝없는 돌림노래

오늘은 꼭 고백하려고 했습니다. 제 생일이었던 특별한 날,

좀 더 의미 있게 기억될 것 같아서 오늘은 꼭 고백하려고 했습니다.

하지만 바보처럼 또 그냥.. 그 사람을 보내고 말았습니다.

무슨 할 말이 있어 보이긴 하지만, 하고 싶지 않다면

제가 해줄 때까지 기다려보겠다고,

더 이상 묻지 않고 가는 그 사람..

그런 그 사람을 붙잡고, 마음속 얘기를 솔직히 하고 싶었습니다.

그와 헤어지는 신호등 앞에서 깜빡거리는 신호등을 보며,

잠시 운명에 맡겼었죠. 파란 신호등이 깜빡거릴 때마다

고백한다, 안 한다.. 말한다, 안 한다..

신호가 몇 번 바뀔 동안, 가려는 그 사람을 잠깐 세워두고

속으로 망설이다가 또 헛소리를 하고 말았습니다.

내일 친구의 주선으로

소개팅에 나가게 됐다는 그에게 잘하고 오라고,

오늘 입은 옷 잘 어울리니까 이대로 나가면 좋을 것 같다고..

사실, 진짜 하고 싶었던 말은, 인연은 가까운 데서 찾는 거라고,

원래 등잔 밑이 어두운 법이니

주변에서 잘 찾아보라는 얘기였지만,

그런 내색은 조금도 하지 못한 채, 혼자 집으로 돌아오며

쓸쓸한 한숨만 내쉬어야 했습니다.

오늘도 제 사랑은 이렇게 쓸쓸한 그림자밟기 놀이만 합니다.

사랑
이란

끝없는 돌림노래 같은 것.
제가 용기를 내고 그 사람이 제 마음을 받아주는 날,
그때가 되면 이 슬픈 돌림노래도 끝이 나겠죠?

준비 못 한 재회

후배들이 엠티를 가는데 찬조금 좀 보내달라고 연락을 해왔습니다.

어차피 주말에 할 일도 없고 해서, 직접 가서 주겠다고 했죠.

그런데 가서 바로 후회했습니다.

그 사람이 올 수도 있다고는 미처 생각 못 했거든요.

같은 동아리 내에서 C.C였던 그 사람과 나.

작년에 헤어진 이후로 한 번도 본 적이 없었는데..

준비 못 한 재회 앞에서 전 당황했습니다.

최대한 자연스럽게 행동하려고 했지만,

자꾸 그 사람 쪽을 향해 가는 내 눈과 귀..

많은 사람 속에 섞여 있어도 그 사람의 목소리는 크게 들리더군요.

6개월 동안 정리하며 이젠 다 잊었다고 생각했는데

우연한 마주침에 또다시 꿈틀대는 마음..

자존심도 없는 제가 싫었습니다.

그러나 절 더 힘들게 한 건, 전혀 아무렇지 않아 보이는

그 사람이었습니다.

애써 피하려는 저에게 다가와 일부러 말을 거는

그 사람을 대하기가 전 더 괴로웠죠.

그래서 결국, 그날 밤

다른 일이 있다는 핑계로 집으로 돌아와 버렸습니다.

하지만 이미 그 사람을 본 이상,

잊고 지냈던 시간으로 돌아갈 수가 없더군요.

순간, 귓가에서 지워지지 않는 그 사람의 목소리가 그리워,

그 사람의 바뀐 번호를 알고 있는 친구에게 전화해 물었습니다.

그런데 수첩에 적혀 있으니, 나중에 알려주겠다는 친구..

전화를 끊고 생각했죠.

'휴~ 다행이다. 하마터면 전화할 뻔했네.'

사랑
이란

두 번 상처받을 게 뻔한데도,
또다시 어리석은 선택 앞에 망설이는 것.
다 알면서도 자꾸 휴대폰만 만지작거리고 있습니다.

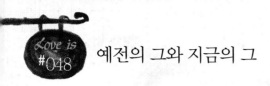

예전의 그와 지금의 그

처음 그에게 관심을 갖게 된 건,

예전 그 사람과 많이 닮아서였습니다.

이별 후, 상처를 잊으려면 빨리 다른 사람을 만나는 게 좋다고,

친구들이 동호회든 뭐든 모임을 만들어 나가보라고 했지만,

전 아무것도 하지 않았죠.

하지만 결국 친구의 손에 이끌려,

영화를 좋아하는 사람들이 모여 있는 한 동호회에 가입을 했고,

바로 그곳에서 지금의 그를 만나게 됐습니다.

그런데 그 사람은, 외모는 옛사랑과 비슷할지 모르지만

하는 행동은 전혀 딴판입니다.

영화를 볼 땐 뭘 잘 먹지 않던 옛사랑과는 다르게,

지금의 그는 먹는 게 없으면 왠지 허전하다고

꼭 팝콘이라도 사서 들어가는 사람이고,

멜로 영화를 시큰둥하게 보던 옛사랑과는 다르게,

지금의 그는 슬픈 장면에 찔끔거리며 눈물 흘릴 줄 아는 사람이고,

코믹 영화를 시시하다고 하던 옛사랑과는 다르게,
지금의 그는 영화관이 떠나갈 듯 시원하게 웃는 사람입니다.

그런데 참 이상하죠?
예전엔 남자다운 타입의 옛사랑이 멋있다고 생각했는데,
이제는 감수성 풍부하고 유쾌한 지금의 사랑이
따뜻하게 다가옵니다.

단순한 호기심으로 시작되지만
어느새 더 큰 사랑으로 물들어 가는 것.
옛사랑에 대한 안타까움도 새로운 사랑으로
감싸안을 수 있을 것 같습니다.

사랑
이란

한순간의 감동으로

우리가 만난 지 2년째 되는 날,

그 사람이 알고 있는지 모르고 있는지 궁금해서 슬쩍 물어봤습니다.

그날 다른 약속이 없으면 저녁이나 먹자고..

그런데 그 사람은 전혀 모르고 있는 것 같더군요.

친구들과 약속이 있다고 하니 말이죠..

물론 평소 기념일 같은 거 잘 못 챙기고, 내 생일도 미리 알려줘야

겨우 케이크 하나 얻어먹을 수 있는 남자라는 거, 알고는 있었지만

그래도 이번엔 은근히 기대했는데 정말 실망스러웠습니다.

그리고 이번에도 어김없이, 제가 먼저 기념일 얘기를 한다는 게

너무 자존심 상해서, 화가 난 채로 그에게 전화 한 통 걸지 않았고,

그날 밤 일찍 집에 들어가기가 아쉬워서 친구들을 만나

실컷 수다를 떨다가 밤이 늦어서야 집으로 향했습니다.

다리에는 힘이 빠진 채, 터덜터덜 아파트로 들어가면서

그때까지 문자 메시지 하나 없는 야속한 그에게 전화를 걸었습니다.

친구들을 만나 과음하고 있는 건 아닌지 걱정이 돼서

또 그냥은 못 있겠더라구요.

"어디야? 아직도 친구들이랑 있어? 언제 집에 가려구?

술은 많이 안 마셨지? 그래. 잘했어.."

그렇게 얘기를 하며 엘리베이터 문이 열리길 기다리고 서 있는데,

순간 정말 기절해버리는 줄 알았습니다.

제 눈앞에서 열린 엘리베이터 안에는

빨간 장미꽃을 한 아름 안은 그가 환하게 웃고 있었으니까요.

한순간의 감동으로 그동안의 상처는 씻은 듯이 낫는 것.
몇 시간 동안 기다렸지만 조금도 지루하지 않았다고 말하는
그의 입술에 달콤한 입맞춤을 선물했습니다.

세상에서 가장 슬픈 영화

가끔 그의 미니홈피에 들어가 보는데, 어제 충격적인 사진을
보고 말았습니다. 언제쯤 이 애달픈 짝사랑의 마음을 고백할까..
눈치만 보고 있었더니, 그새를 못 참고 애인을 만들었더군요.
새 여자친구와 다정하게 사진을 찍은 그는
남의 속도 모르고 해맑은 표정으로 웃고 있었고,
사랑에 빠진 자신의 마음을 어떻게 하면 널리 알릴까
주체하지 못하겠는지 배경 음악까지
닭살 돋는 것으로 바꾸어놓았더라구요.

갑자기 속이 답답해지고, 머리가 멍해져서,
그대로 앉아 있을 수가 없었습니다. 그래서 일단 밖으로 나왔죠.
어디 가서 소리라도 지르고 싶고,
누구에게든 답답한 심정을 말하고 싶었지만
마땅한 방법이 떠오르질 않았습니다.
그러다 택한 것이 바로 영화관! 단순한 영화 한 편 보고
그냥 다 잊어버리자 생각하며 영화관으로 갔습니다.

그런데 마침 시간에 맞는 영화는 '스파이더맨' 뿐이더군요.
혼자 맨 뒤에 앉아서 보는데, 영화는 눈에 들어오지 않고
스크린에 그의 얼굴이 겹쳐 보이면서 눈물만 났습니다.

결국 영화 상영 내내 울기만 했고, 빨개진 눈으로 나오는데
하필 그곳에서 데이트하던 동생을 만나다니..
이 영화를 보고 운 사람은 언니밖에 없을 거라는 동생에게
이렇게 말했습니다.
"어? 주인공이 손에서 거미줄을 쏘는데 너무 슬프잖아..
혼자 지구를 지켜야 하는 주인공 운명이 너무 불쌍하지 않냐?"

사랑
이란

앞으로 '스파이더맨' 이란 영화가
내겐 세상에서 가장 슬픈 영화로 기억되는 것.
가슴 아픈 영화마저도 아름답게 볼 수 있는 날이 제게도 올까요?

또... **혼자** 멀리 와버렸네요

이제 그만 고백하라고

한참 일을 하고 있는데,

동아리에서 친했던 친구에게 전화가 왔습니다.

주말에 동아리 모임이 있으니 꼭 나오라고..

순간 달력에 적혀 있는 다른 친구와의 약속이 눈에 띄었지만,

전 무조건 나가겠다고 대답했습니다.

혹시라도.. 아쉬운 짝사랑으로 끝나,

졸업 후에도 내내 머릿속에 남아 있는

그 선배가 나올지도 모른다는 생각이 들었거든요.

친구에겐 미안하지만, 그보다 먼저 약속이 있었는데

내가 깜빡했었다고, 대신 다음에 영화를 보여주겠다 하고

동아리 모임에 나갔습니다.

그런데 1차를 하고 2차로 자리를 옮겨도

그 선배는 나타나지 않았습니다.

중간 중간 모임 주동자에게 전화만 올 뿐..

결국 일이 늦게 끝나서 어쩌면 못 올지도 모르겠다는

마지막 전화가 온 후,

그 선배가 없는 시간이 무의미하게 느껴져서

그만 가려고 자리에서 일어날 때였습니다.

우연히 문이 열리는 쪽을 보니,

바로 그 선배가 들어오고 있었습니다.

조금이라도 빨리 오려고 열심히 뛰어온 듯한 선배의 모습은,

학창 시절 내게 늘 멋있어만 보이던 그때의 그 모습이었습니다.

그의 주변에는 여전히 사라지지 않는 빛이 후광처럼 빛났고,

제 눈엔 변함없이 이 세상에서 가장 멋진 남자로 보였습니다.

그때부터 뛰기 시작한 심장은 아직도 쿵쾅! 쿵쾅!

잠잠해질 생각을 않고, 그동안 혼자 간직해온 마음을

이제 그만 고백하라고 저를 재촉합니다.

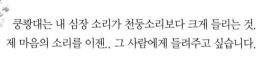

쿵쾅대는 내 심장 소리가 천둥소리보다 크게 들리는 것.
제 마음의 소리를 이젠.. 그 사람에게 들려주고 싶습니다.

모닝콜

그는 가끔 저에게 모닝콜을 부탁하곤 합니다.

아침잠이 많은 그는 혼자 자취를 하기 때문에 깨워줄 사람도 없고,

알람 시계는 잠결에 그냥 꺼버리기 일쑤여서 지각할 때가 많다고..

그리고 매번, 이번에 또 지각하면 회사에서 잘릴지도 모르니까

저만 믿겠다고 말하죠..

처음 그의 부탁을 받았을 땐, 마냥 좋았습니다.

'많고 많은 사람 중에 왜 콕 찍어 나한테 부탁할까?'

'우리가 다른 친구들보다 친하긴 해도, 특별히 나를 택한 건

나한테 맘이 있다는 거 아닐까?'

뭐 그런 생각이 들더라구요. 그래서 피곤해도 피곤한 줄 모르고

아침 일찍 일어나 그를 위해 모닝콜을 해줬습니다.

그런데 오늘, 갑자기 야근이 생겨서 밤늦도록 회사에서

일을 하고 있을 때였습니다. 그가 전화를 했습니다.

내일도 모닝콜을 부탁한다고!

정확히 아침 7시에 깨워주면 된다고!

사실 아침 7시면, 새벽까지 일하고 들어가서 자야 할 저에겐

단잠에 빠져 있을 시간이었습니다.

하지만 전 그런 얘기는 하지 않고

편안히 자라고 그를 안심시켰습니다.

"걱정하지 말고 푹~ 자. 정확히 7시에 전화해줄게."

그러곤 혹시나 제가 잠들어 그에게 모닝콜을 해주지 못할까 봐

커피를 타 마시고, 집에 가서도 괜히 달밤에 체조를 하며

잠을 쫓았습니다.

사랑
이란

그의 알람 시계가 되어주는 것.
그리고 혹시 내가 잠들어 약속한 시간에 못 일어날까 봐
뜬눈으로 밤을 새우는 것.

친구도 애인도 아닌

심심하면 그 친구는 지금 뭐 하고 있을까 전화 한번 해보고..

다른 친구들이랑 재밌게 놀다 보면

그 친구도 오라고 연락 한번 해보고..

그렇게 늘 제 머릿속에서 떠나지 않는 사람이 있습니다.

하지만 그 친구의 마음을 아직 확실히 모르기 때문에

공식적으로 애인이다, 우리 사귄다 말할 수도 없고,

애매모호한 우리 관계에 답답할 때가 많죠..

지금도, 그 친구를 위해 아무것도 해줄 수 없는 게 답답합니다.

며칠 전 친구들끼리 모인 자리, 그날도 여느 때와 마찬가지로

연락을 했는데, 그 친구가 전화를 받지 않는 겁니다.

부재중 전화가 있으면 연락이 오겠지.. 하고 기다렸는데

결국 그 친구에게선 아무 연락도 없었고,

그러더니 며칠 뒤에 문자 메시지 한 통만 왔습니다.

집에 일이 있었다고.. 다시 전화하겠다고..

그리고 그 후로 오늘이 5일째인데,

그 친구는 여전히 연락이 없습니다.

어떻게 된 건지.. 도대체 무슨 일인지.. 알아보고 싶지만,
받지 않는 전화를 계속 걸어볼 뿐, 다른 건 해볼 수가 없습니다..

이럴 때 내가 그 친구의 애인이라면, 집으로 찾아가
무슨 일인지 알아보고 어떻게든 같이 해결하자고 할 텐데..
이러지도 저러지도 못하고 그 친구의 연락을 기다리며
한숨만 쉬고 있으려니 답답하기만 합니다.

그를 위해 아무것도 해줄 수 없는 지금의 내 위치가 싫은 것.
이럴 땐 차라리 제가 그의 동성 친구였으면 좋겠다는 생각이 듭니다.
그럼 편하게 술이라도 한잔 사줄 수 있을 테니까요.

아무렇지 않은 척.. 잘 지내는 척..

바닷가는 언제 와도, 늘 새롭게 느껴지게 하는
그 무언가가 있는 것 같습니다.
뜬눈으로 밤을 새우다가 이곳까지 달려오면서
제정신이 아닌 듯한 행동에 잠시 후회했지만,
바다를 보니 정말 잘 왔다는 생각이 들었죠.
드넓은 바다를 보며, 철썩이는 파도 소리를 들으며, 그리고
붉게 물들어 떠오르는 태양을 보며, 다시 한 번 다짐했습니다.
그를 꼭 잊겠다고.. 그리고 다시는 이런 어리석은 이별 하지 않고
새로운 사랑 멋지게 하겠다고..

오늘 아침, 불쑥 책상 서랍에서 튀어나온 그의 사진을 보고,
애써 파이팅을 외치며 하루를 시작하면서,
'이러다가 폭발하고 말지.. 이러다가 무너지고 말지..'
누군가 제 귀에 대고 말하는 것처럼 윙윙대는 환청이 들렸지만,
그래도 꾹꾹 눌러 참았습니다.

얼마 전, 그에게 이유도 모르는 이별을 당하고 아무렇지 않은 척..

잘 지내는 척.. 씩씩하게 사는 거 보여주려고

평소보다 더 열심히 일했고, 더 많이 웃었습니다.

그런데 그렇게 남들을 속이다 보니,

언제부턴가 저도 저에게 속고 있었나 봅니다.

결국, 라디오에서 나오는 노래 하나에 무너져

지금은 그와 함께 왔던 그 바닷가에 와서

혼자 뜨는 해를 바라보고 서 있으니까요.

그에 대한 그리움과 배신감이 뒤엉켜

머릿속은 어지럽고, 가슴은 답답한 채로..

아픔을 참는다고 상처가 낫는 게 아닌 것.
덮어두면 덮어둘수록 덧나는 것.
그가 이별을 얘기할 때, 이유라도 물어볼걸..
시간을 되돌리고 싶을 뿐입니다.

사랑
이란

싸우면서 정들기

그동안 제가 잘못한 거 인정합니다.

별로 잘난 것도 없으면서 괜히 튕긴 거..

그 아이가 하는 말이면 꼭 딴죽 걸고 쓸데없이 반대한 거..

그래요. 미안하다구요.. 아니, 그래도 그렇지.

그렇다고 연락을 뚝 끊어버리는 건 너무하는 거 아닌가요?

그동안 쌓아온 우정이 있지, 다른 친구들이랑은 전화도 하고

심지어 만나서 밥도 먹는다는데..

저한테는 그 흔한 문자 한 통도 없고,

메신저에 들어와 있으면서도 말 한 번 안 겁니다.

물론 저도 그 아이랑 똑같이 연락 안 하고, 문자 한 통 안 보내고,

메신저에서 말 한 번 안 걸지만, 그래도 내심 기다리고 있었거든요.

그 아이가 먼저 연락하기를.. 평소 그 아이 성격이라면

당연히 먼저 할 줄 알았으니까요.

그런데 이번엔 정말 단단히 마음을 굳혔나 봅니다.

저랑은 친구도 안 하기로 말이에요..

근데! 이렇게 너무 화내는 것도, 뭔가 있는 거 아닌가요?

가만히 생각해보면, 우린 늘 티격태격하는 사이였고,

어쩌다 한 번 챙겨주면 그냥 하던 대로 하라고

오히려 닭살 돋아 하던 아이였는데,

왜 갑자기 자기도 남자라는 말을 하고,

자길 너무 편하게만 생각하는 게 싫다고 말하는 건지..

혹시 그 아이도 이제.. 제가 여자로 보이기 시작한 걸까요?

그렇다면 지금이 기횐데.. 뭐라고 말하죠? 어떻게 떠보죠?

법칙이 있는 것.
싸우면서 정들고, 친구 하다가 애인 하고..
그런 사소한 법칙들이 우리 사이에도 일어나고 있는 거 보면,
우리가 정말 사랑하게 된 거.. 맞는 것 같습니다.

사랑
이란

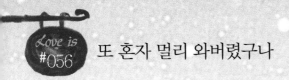

또 혼자 멀리 와버렸구나

터덜터덜 길을 걷고 있었습니다. 아무 생각 없이

앞에 걸어가는 사람들의 뒷모습만 멍~하니 바라보며, 걷고 있었죠.

그런데 순간, 정신이 번쩍 들었습니다.

앞에 걸어가는 사람 중에, 그 사람인 듯한 사람이 눈에 띄었거든요.

그때부터 걸음은 빨라졌고, 무작정 그 뒤를 따라갔습니다.

3년 만에 우연히 길거리에서 마주친 옛사랑..

정말 그 사람인지는 확실히 모르지만

너무나 똑같은 뒷모습에 저도 모르게, 자석에 이끌린 듯

따라가고 있다는 걸, 한참이 지나서야 깨달았죠.

그때야 그 사람인지 확인해봐야겠다는 생각에

발걸음을 재촉했고, 결국 앞지른 후에 뒤를 돌아 확인했습니다.

그런데 역시.. 그 사람이 아님을 알게 된 순간

그때의 느낌이란..

실망도 허탈도 아닌, 뭔가 묘한 기분이었습니다.

차라리 그 사람이 아니었다는 게 다행이라는 생각도 들고,

이렇게 우연히 마주치는 것도 나쁘지 않을 텐데..라는 아쉬움도 남고..

여러 가지 복잡한 기분에 사로잡혀 있다가

마지막엔 피식 쓴웃음을 지으며,

갔던 길을 거슬러 다시 되돌아오는데..

그런데 한참을 걸어도 처음 그 자리가 나오지 않았습니다.

그때 속으로 생각했죠.

'이렇게 또.. 혼자 멀리 와버렸구나.'

늘 뒷모습만 쫓는 어리석음.
혹시 그도 어디선가 나를 닮은 낯선 여자의 뒷모습을 쫓고
있는 건 아닌지, 안타까운 우리의 사랑이 애처롭기만 합니다.

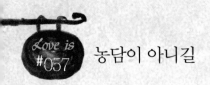

농담이 아니길

또 부케를 받고 말았습니다.

이번엔 정말 안 받으려고 일부러 맨 뒷줄로 가서 서 있었는데,

신부가 조준을 잘못해서 던진 부케는

제 품 안으로 쏙~ 날아 들어와 버렸죠.

순간, 짜증이 밀려왔습니다. 대부분 결혼한 친구들 틈에서

애인도 없는 노처녀가 끼어 스트레스 받으니,

사진만 찍고 서둘러 나올 생각이었거든요.

그런데 신부가 사진을 다 찍을 때까지 기다렸다가

부케를 다시 챙겨 받아가야 하니..

도대체 나는 하는 일마다 왜 이렇게 안 풀릴까..

누구를 원망해야 할지 몰랐죠.

어쨌든 오늘로써 다섯 번째 부케를 받은 나..

부케를 받은 후 6개월 내에 결혼을 해야 한다는 속설에 따르면

벌써 네 번은 시집을 갔어야 하지만,

여전히 독수공방 솔로로 지내오고 있는 나..

집으로 돌아가며 부케를 어떻게 들고 들어가나 걱정부터 들었습니다.

엄마가 보시면 남자도 없는 게 부케만 몇 번째 들고 오는 거냐고

분명히 구박을 하실 텐데.. 그렇다고 버릴 수도 없고..

친구 커플을 위해선 잘 말렸다가 100일 후 태워줘야 하는데..

결국 생각난 얼굴 하나.. 만만한 남자 후배에게 전화를 걸었죠.

포장마차에서 우동에 소주 한 병 시켜놓고, 기다렸습니다.

단숨에 달려 나온 의리 있는 후배 녀석은

그렇게 자기가 대시할 때 못 이기는 척 받지 그랬냐고..

여자는 튕기는 게 매력이라는 거 다 옛날 얘기니까

이제 그만 자기한테 오라고 하더군요.

그 순간, 후배의 말이 농담이든 진담이든

정말 그러고 싶은 마음이 굴뚝같았지만,

농담이면, 이 나이에 내가 얼마나 추해 보일까..

한 가닥 자존심 때문에 또 그냥 웃어넘겨 버렸습니다.

'어쩌면.. 그 말.. 진심일까?'

혼자가 되는 시간이면, 자꾸 빠져드는 이 착각..

착각이 아니었으면 좋겠습니다.

외롭고 막막할 때 제일 먼저 생각나는 얼굴..
그 녀석의 말이 농담이 아니길.. 자꾸 기대하고 싶어집니다.

사랑
이란

매일 함께 듣고 있다는 걸

하루에도 몇 번씩 그 사람의 미니홈피에 가보곤 합니다.

대부분의 사진이 일촌 공개로 되어 있어서

볼 수 있는 사진은 별로 없지만,

그가 선곡해놓은 음악을 듣기 위해 자주 가죠.

갈 때마다 일촌 신청을 할까 말까, 고민 끝에 닉네임까지 써놓지만,

결국 취소 버튼을 누르기를 몇 번!

일촌 공개로 지정된 사진첩에는 도대체 무슨 사진들이 있을까

궁금해서, 다시 용기를 내 쪽지라도 보내볼까 하다가,

또 다시 취소 버튼을 클릭해버리고 오기를, 오늘도 반복했습니다.

내가 모르는 얘기들로 가득한 방명록을 보며

혼자 섭섭해하고 서운해하며 소외감을 느끼고,

매일 와서 친하게 말을 거는 낯선 여자의 이름을 기억하고 있다가,

오늘도 어김없이 찾아와 글을 남긴 것을 보고

괜한 질투를 느끼기도 하고.. 오늘도 그렇게 한동안

그의 미니홈피에 머물러 있다가 왔습니다.

그 사람은 알까요? 자기가 배경음악으로 깔아놓은 음악을

나도 매일 함께 듣고 있다는 걸....

아마 모르겠죠. 알 리가 없을 겁니다.

그에게 한 번도 제 마음을 표현한 적 없으니까요.

단지 친구로만 대할 뿐, 혹시라도 눈치 챌까 봐

차갑게 군 적이 더 많으니까요..

그에 대한 마음을 감추고 있으면서
정말 몰라주면 그게 섭섭한 것.
이제 고백해야겠습니다.
아님, 자꾸.. 아무것도 모르는 그를 미워하게 될 것만 같거든요.

사랑
이란

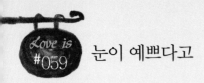

눈이 예쁘다고

그 사람이 그랬습니다. 눈이 예쁘다고..

안경에 가려서 잘 몰랐는데, 눈이 참 크고 맑다고..

전 어렸을 때부터 눈이 나빠서

돋보기처럼 두꺼운 안경을 쓰고 다녔습니다.

뜨거운 거 먹을 때마다 김이 서려 우스꽝스러운 모습이 되고,

친구들이 고시생 같다고 놀려도, 한 번도 창피하거나

안경을 벗어던지고 싶었던 적은 없었는데....

그런데 그 사람을 사랑한 이후로, 하루에도 몇 번씩 거울을 보며

안경을 썼다 벗었다를 반복하곤 합니다.

그 사람이 예쁘다고 칭찬해준 내 눈을,

그전까지는 한 번도 예쁘다고 생각해본 적 없는 내 눈을,

이리 찡긋! 저리 찡긋! 깜빡거리며 거울 보는 게

요즘은 가장 행복합니다.

그러다 며칠 전, 안경 대신 렌즈를 끼고 학교에 갔습니다.

언니 화장품까지 몰래 훔쳐 바르고, 양 볼에 발그레하게

볼터치도 살짝 하고, 멋 좀 부리고 갔죠.

그런데 강의실로 가는 길, 멀리 보이는 그 사람..

갑자기 그 사람 앞에 가기가 쑥스러워서

일부러 멀리 다른 길로 돌아, 강의실로 갔습니다.

그 사람에게 잘 보이려고 꾸민 제 모습이,

순간 창피하고 부끄러워서 도저히 앞에 나설 수가 없었거든요.

그 사람의 칭찬 한마디에
나도 정말 예쁜 여자인 줄 잠시 착각하는 것.
착각이라도 좋으니까, 제가 그 사람에게 유일한
예쁜 여자였으면 좋겠습니다.

사랑
이란

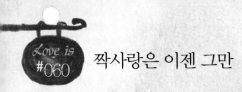

짝사랑은 이젠 그만

오늘로써 짝사랑은 접기로 했습니다. 아니, 접어야만 합니다.

물론 그를 외면하는 게 쉽지 않아서 번번히 실패하지만..

일을 하고 있는데, 그에게서 전화가 왔습니다.

우리 회사 근처에 볼일이 있어서 왔는데,

퇴근 시간일 거 같아서 저녁이나 같이 먹자고 전화했다고..

전 하던 일을 제쳐두고 나갔습니다.

일이 많아서 모두 정신없다고 난리들인 분위기에,

나머지는 들어와서 제가 다 하겠다고 했죠.

일단 그와 저녁을 먹는 게 중요했으니까요.

그런데 그는 저녁을 먹고 난 후,

영화도 한 편 보자고 하는 겁니다. 그래서 말했죠.

"사실은 지금도 바쁜데, 잠깐 나온 거야.

오늘 밤새워야 할지도 모르거든. 영화는 다음에 보여줘~"

그랬더니 그 사람, 글쎄 제 앞에서 제가 제일 싫어하는 동기한테

전화를 하는 겁니다. 얼마 전에도 그 동기 얘길 하기에

다시는 내 앞에서 그 여자애 이름도 꺼내지 말라고

분명히 얘기했었는데,

둘이 영화를 보자고 약속을 잡다니.. 가슴이 답답했죠.

순간, 멋있기만 하던 그의 눈웃음이 미워지면서

눈가에 잔주름까지 보이고,

내가 좋아하는 영화배우를 닮았다고 했던 말도

다 취소하고 싶어졌습니다.

하지만 내색도 못 하고, 둘이 재미있게 보라고

영화표 끊는 데까지 같이 갔다가 들어온 후..

지금은 까맣게 탄 속을, 얼음물로 식히고 있습니다.

그가 날 아무리 실망시켜도, 그만큼 너그러워지는 것.
그를 사랑하기 전엔 몰랐습니다. 제가 이렇게 마음이 넓은 줄은....

우리가
인연이 아니라 해도

바보 커플

제가 먼저 헤어지자고 말해놓고, 지금 후회하고 있습니다.

이렇게 힘들고, 많이 아플 거.. 몰랐던 것도 아닌데

이제 와서 못 참겠다고 엄살을 부리고 있습니다.

다시 시간을 되돌려, 3일 전 그때가 되면..

헤어지잔 말 주워담고 널 더 열심히 사랑하겠노라고 말할 텐데....

바보 같은 되새김질만 하며,

멍청이 같은 소리를 주절대고 있습니다.

지금의 내 모습을 그 사람이 보면, 뭐라고 할까?

그러게 왜? 이렇게 금방 후회할 걸 왜?

저더러 바보 같다고 소리치는 게 들리는 거 같습니다.

이젠 아무리 아니라고 부정해도 어쩔 수 없네요..

열 손가락 쫙 펴고, 두 손을 들어, 지칠 때까지

있는 힘껏 좌우로 흔들어봐도 전, 바보가 맞으니까요.

그를 보내고, 아직도 사랑한다고, 여전히 사랑한다고,
혼잣말을 수없이 되풀이하다가 결국 그 마음을 발신번호 없이
문자 메시지 한 통 보내놓고, 쿵쾅거리는 심장 소리 때문에
도저히 잠을 이루지 못하는 전.. 진짜 바보가 맞으니까요.

그리고 잠시 후, 똑같이 발신번호 없이 온 문자 메시지..
'사! 랑! 해!'
이 세 글자를 뚫어져라 들여다보며, 웃지도 울지도 못하는 전..
바보 중의 바보니까요..

헤어진 뒤에도 차마 떠나지 못하고,
아직도 그 맘이 통해 서로 아파하는 것.
아무래도 우린 바보 커플인가 봅니다.

사랑
이란

마지막 이별 장면

나지막한 목소리로 그 사람이 인사를 합니다. 아프지 말라고..

혼자 집에 가는 길, 조심해서 잘 가라고..

그리고 몇 가지 당부를 합니다.

속 아프게 매운 거 많이 먹지 말라고..

화가 나거나 슬픈 일 있을 땐,

억지로 참지 말고 그때그때 풀어버리라고....

사랑한다는 말도 합니다. 착한 눈으로 예쁘게 웃으면서,

앞으로도 계속 저만 사랑할 거라고 합니다.

그리고 한마디 덧붙입니다. 자신의 기다림에 부담 갖지 말라고..

설령 돌아오지 않는다 해도 원망하지는 않을 거라고..

그 사람은 또,

혹시라도 불행하다는 생각 같은 건 하지 말라고 합니다.

자기 삶에서 그동안 난.. 행복의 근원이었다고....

그러더니 힘차게 뛰어갑니다. 열심히 뛰어가다가 잠시 멈춰 서서,

뒤돌아 한번 웃어주더니, 다시 힘차게 뛰어갑니다..

지금까지 제 머릿속에서 수도 없이 반복된 이 장면..

바로 작년 그 사람과의 마지막 이별의 순간입니다.

천 일이라는 시간 동안, 함께 웃고 울고 사랑하고 미워하며

많은 추억을 쌓아오면서,

기억되는 일도 많고, 까맣게 잊은 일도 많지만,

마지막 이별 장면은.. 쉽게 잊히지가 않네요..

혹시 제가 후회하고 있는 걸까요?

이미 돌이킬 수 없는 시간인데....

아픈 추억일수록 자꾸 되새김하게 되는 것.
후회해봤자 소용없는 거 아는데,
이 되새김은 쉽사리 삼킬 수 없을 것 같습니다.

사랑
이란

미칠 듯한 보고픔으로

책상을 정리하다가 예전에 썼던 일기장을 발견했습니다.

첫 페이지를 열고 읽어봤죠.

'오늘 그에게 마지막 편지를 보냈다.

그 사람을 사랑했던 것을 후회하지는 않는다.

다만 허무하게 끝나버린 우리 사랑이 안타까울 뿐이다.'

1년 전, 그와 헤어지면서 마지막 편지 내용을 적어둔 일기장..

그 이후로 텅 빈 백지로 남아 있는 일기장을 넘기다가,

맨 마지막 장에 써 있는 글을 또 읽어봤습니다.

'오늘 그가 내게 다시 돌아왔다. 그는 그녀와 헤어졌다고 말했다.

그리고 힘들다고.. 그래서 내게 다시 돌아오고 싶다고 말했다.

하지만 난 그를 받아줄 수 없었다. 그냥 돌려보내야만 했다.'

그게 끝이었습니다.

그 이후로는 절대 그 사람에 대한 일기를 쓴 적도,

말을 꺼낸 적도 없습니다.

왜냐하면, 그 사람이 그때 내게 돌아오고 싶다고 말했던 건,

나를 잊지 못해서가 아니라, 여전히 자기만 바라보고 있는 나에게

단지 위로를 받고 싶어서였다는 걸, 전 알고 있었거든요.

그런데 오늘 갑자기, 그 사람이 미칠 듯이 보고 싶습니다.

그때 그녀와는 정말 헤어졌는지,

혹시 지금도 나에게 돌아오고 싶다면

그때 괜한 자존심 부리며 그를 매몰차게 보냈던 거

이제 와 후회하는 못난 나에게

다시 돌아와 달라고 말하고 싶습니다.

미칠 듯한 보고픔으로 울컥 눈물이 나는 것.
지금까지도 많이 울었는데, 앞으로 흘릴 눈물이 더 많을 것 같아서,
벌써 가슴이 시려옵니다.

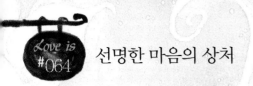

선명한 마음의 상처

다음 주에 있을 2학기 개강을 앞두고,

기숙사에 들어갈 짐을 싸면서 방 청소를 했습니다.

남들은 제가 무척 깔끔하고 방 정리도 잘하는 줄 아는데,

사실 좀 창피한 얘기지만 방 청소는 고사하고

자고 일어나 잠자리 한 번 제대로 치워놓지 않아서

엄마한테 혼날 때도 많습니다.

그래서 가끔 이렇게 대청소를 해줘야, 그나마 청소한 티도 나고

구석에서 잃어버렸던 물건을 찾아내기도 하죠.

그런데 오늘, 침대 밑에서 목걸이 하나가 나왔습니다.

어디로 갔는지 그렇게 애타게 찾을 땐 없더니

침대 밑으로 밀어넣은 청소기에 걸려나온 목걸이에는,

동그란 링 하나가 매달려 있었죠.

순간 생각나는 것이 있어

네 번째 손가락에 껴봤더니 딱 맞았습니다.

그건 바로, 그와 함께 커플링으로 나눠 꼈던 반지였죠.

그와 헤어진 후, 차마 내 손으로 버리지 못하고,

그렇다고 계속 끼고 있을 수도 없어서 목걸이줄에 걸어

갖고 있던 거였는데, 어느 날 보석 상자에서 사라졌다 했더니

침대 밑에 숨어 있는 걸 몰랐습니다.

한때는 좋았던 그와의 추억을 떠올리며, 손가락에 낀 반지를

물끄러미 바라보다가, 또다시 바보 같은 기대를 하는 내가 싫어서

반지를 빼려고 할 때였습니다.

들어갈 땐 잘 들어갔던 반지가, 쉽게 빠지지 않았죠.

억지로 빼내려고 하니까 손가락만 자꾸 빨갛게 부어 올랐습니다.

결국 비누로 닦아도 보고,

여러 가지 방법을 동원해 반지는 겨우 뺐지만,

손가락엔 여전히 빨간 자국이 남아 있습니다.

그가 남기고 간, 그때 그 마음의 상처처럼 선명하게….

사랑
이란

잊었다고 생각하지만 그 자국은 쉽게 지워지지 않는 것.
지워진다 해도,
뿌리 깊이 박힌 사랑의 기억은 남을 것 같습니다.

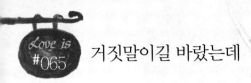

거짓말이길 바랐는데

남자 동기들의 연애 상담은 무조건 제 차지입니다.

여자의 심리를 도대체 모르겠다며,

저한테 상담 요청을 많이 하죠.

언젠가 한번 진지하게 얘기를 들어줬더니,

이젠 문제가 생기면 저부터 생각난답니다.

그런데 오늘은 제가 관심 갖고 있는 그가,

친구랑 둘이 오더니 저한테 묻더군요.

여자들은, 좋아하면서 주변에서 맴도는 남자보다

용기 있게 고백하는 남자를 더 좋아하지 않냐고..

만약 그렇다면 어떤 식으로 고백해야 좋아하냐고....

자세히 얘기를 들어보니, 그의 친구가 좋아한다는 여자는

그의 친구를 이성으로 전혀 좋아하는 것 같지가 않았습니다.

하지만 일단 고백하라고 말해줬습니다.

여자들은 관심 있고 좋아해도, 남자가 멋있게 프로포즈해주길

기다린다고.. 그러니까 망설이지 말고 남자답게 고백하라고....

좀 미안한 말이지만,

그 순간 저에게 중요한 건 그의 친구가 아니라 그였거든요.

그의 친구에게 하는 말은,

모두 다 제가 그에게 하고 싶은 말이었습니다.

제발 망설이지 말고 솔직한 마음을 고백하라고,

그에게 직접 말 못 하니까 간접적으로 들으라고 한 말이었죠.

그런데 그.. 한다는 소리가 글쎄, 그럼 자기도 좋아하는 후배에게

용기 내서 고백을 해야겠다고 하더군요.

그 후배도 자기를 싫어하는 눈치는 아닌 것 같다면서

친구의 연애 상담은 제쳐두고 자기 얘기를 시작하는데,

그 순간 속으로 기도했습니다.

제발 그의 얘기가 사실이 아니길..

단지 내 질투심을 자극하기 위한 단순한 거짓말이길....

다른 사람의 연애담에 빗대어
내 사랑을 확인하고 싶은 것.
그러나 그는 제가 아닌 다른 여자를 찾아가 버렸습니다.

사랑
이란

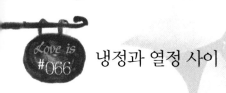

냉정과 열정 사이

이제 좀 정신이 듭니다.

어떻게 집에 들어와, 내 방 구석에

웅크리고 앉아 있는지도 모를 만큼 정신이 없었는데..

이제 조금씩 생각이 납니다.

방금 전, 저는 이별을 하고 돌아왔습니다.

그에게 이별을 말해야겠다고 생각한 후로, 미안하긴 해도

생각보다 담담하기에, 그와 마주앉아 이별을 말하는 게..

이렇게 힘들 거란 생각은 못 했습니다.

그런데 이별이란 건, 사랑한다고 고백하는 것만큼, 아니 그보다

더 힘들고 어려운 일이라는 걸 이별을 말하는 순간,

그제야 알았습니다. 그리고 이별이란, 꼭 서로를 미워하거나

서로가 싫어져서 하는 게 아니라는 것도 오늘 알았습니다.

제가 그에게 헤어지자고 말한 건.. 그를 미워해서도,

그가 싫어져서도 아니었으니까요. 그냥 단지, 제가 그를 더는

사랑하지 않는다는 걸 깨달았기 때문이었으니까요.

그리고 어쩌면..

그가 아닌 다른 사랑을 꿈꾸고 싶어졌기 때문일지도 모르겠습니다.

어쨌든 전 결국 그에게 이별을 말했고, 그래서 지금은

사랑에 실패한 패배자처럼 캄캄한 방 한구석에 웅크린 채

그래도 한때 서로를 사랑했던 그와 저의

아름다웠던 시간을 추억하며 눈물을 흘리고 있습니다.

마치 슬픈 영화의 주인공이 된 것처럼....

사랑
이란

냉정과 열정, 그 양면성이 공존하는 것.
뜨겁게 사랑했었기에, 아무런 미련 없이, 차갑고 냉정하게
이별할 수 있는 것 같습니다.

그를 만나러 가는 길

방학을 해서 얼굴을 못 보게 되면 희미해지겠지.. 생각했습니다.

안 보면 멀어지는 게 사랑이라는, 친구의 말을 믿었죠.

그런데 아니었습니다. 제 사랑은, 못 보니까 더 보고 싶고,

안 보니까 더 생각나서 힘든.. 그런 사랑이었습니다.

강의실에서는 늘 맨 뒤 구석진 자리에 앉아

딴 생각에 빠져 있던 그 사람..

혹시나 하는 마음에 열어본 동아리방 안에서는

어김없이 기타를 튕기며 앉아 있던 그 사람..

학생 식당에서는 언제나 김치 볶음밥을 먹고,

커피는 자판기 커피만 마시고,

햇살 좋은 날이면 문과대 잔디밭에 앉아

동아리 사람들과 토론하기를 좋아하던 그 사람....

그 사람의 모든 것이 생각나서, 머릿속은 온통 그 사람으로 가득 차

딴 생각이라곤 비집고 들어올 틈도 없었습니다.

그래서 결심했습니다. 그 사람한테 고백하기로..

그런데 고백이란 거..

생각보다 사람을 긴장시키고, 호흡을 힘들게 하고,

말을 더듬게 한다는 걸 미처 몰랐습니다.

그를 만나러 가는 길에 아무리 심장을 진정시키고

심호흡을 반복해도, 떨리는 가슴을 가라앉힐 수가 없었죠.

결국 편의점에 들러 맥주 한 캔을 사서 마시고

마음을 가다듬은 후, 그의 집 앞으로 찾아가 전화를 했습니다.

"저기.. 선배.. 잠깐만.. 나와줄래요? 나, 할 말.. 있어요.

기다릴게요."

그러곤 5분쯤 지났을까? 편안한 차림의 그가

어느새 저를 향해 걸어왔습니다. 그 순간 주책없이 뛰고 있던

심장은 더 큰 소리를 냈고, 점점 속도까지 빨라져,

전 불쑥 입에서 나오는 대로 소리쳐버렸습니다.

"잠깐만요! 더 가까이 오지 말고, 거기서 제 얘기 들어주세요.

저기.. 사실은요.. 오랫동안.. 제가 선배를.. 좋아해왔거든요.

근데 이젠.. 선배도 나를 좋아해줬으면.. 하는 욕심이 생겨요.

이런 욕심 처음인데.. 선배가 허락해줬으면 좋겠어요!"

사랑
이란

수줍은 마음도
용기 내서 고백할 수 있게 하는 묘한 힘이 있는 것.
덕분에 숨어서 혼자만 키워온 제 사랑을,
이제는 떳떳하고 자랑스럽게 공개할 수 있게 됐습니다.

넌 아무렇지도 않니?

남자 동기들끼리 오랜만에 모일 거라는 얘기를 들었습니다.

동기 중에 유독 친하게 지내는 녀석이 있는데,

자신의 스케줄을 시시콜콜 저에게 다 얘기해줘서

몰라도 될 얘기까지 알고 있죠.

그런데 오늘은 녀석이 기특해서 혹시라도

술 마시다가 돈 떨어지면 전화하라고 했습니다.

왜냐하면 동기들 모임이라면, 분명 그도 올 테니까..

동기라도 이성으로 느끼면서부터 편안하게 대하지 못해서,

그는 오히려 제가 자기를 싫어한다고 생각합니다.

한때는 수다쟁이 동기 녀석이랑 제가 서로 좋아한다는 소문까지 나서,

그는 아마 단 한 번도 제가 자기를 좋아한다는 생각 같은 건

안 했을 겁니다.

어쨌든 혹시라도 전화가 올까 봐 퇴근도 안 하고

기다리고 있을 때였습니다.

드디어 연락이 왔고, 아르바이트로 대리 운전이나 하라는 소리에

버럭 화를 내는 척하며, 서둘러 그들이 있는 곳으로 나갔죠.

그랬더니 친한 동기 녀석은 완전히 취해서 곤드레만드레고,

그가 녀석을 부축한 채 서서 저를 기다리고 있더군요.

녀석을 나에게 맡긴 채, 자긴 따로 가겠다는 그.

급한 마음에 그의 팔을 붙잡았습니다. 그리고 말했죠.

"어차피 너도 술 마셔서 운전 못 하잖아. 같이 타고 가. 내려줄게."

그랬더니 그, 그럼 그러자고, 할 말도 있는데 잘됐다고 하더군요.

그 순간, 혹시 나에게 고백이라도 하려는 걸까..

두근대는 마음으로 운전대를 잡았습니다.

그러나 그가 저에게 내뱉은 말은, 실망을 넘어,

그에게 제 마음을 고백할 기회조차 뺏어버렸습니다.

"너 많이 좋아하는 거 같더라. 그만 힘들게 하고 받아주지 그래?

이제 마음 알아줄 때도 됐잖아....?"

도대체 이건 무슨 소린지, 수다쟁이 녀석이 그에게 무슨 얘길 했기에
그가 나에게 이런 말을 하는 건지..
머릿속은 캄캄해져서 어디를 향해 가고 있는지도 모른 채,
액셀을 밟고 있었습니다.

내 마음을 전혀 모르는 그 때문에 상처받는 것.
그는 정말, 제가 다른 남자를 사랑해도 아무렇지 않은 걸까요?

사랑
이란

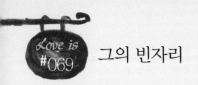

그의 빈자리

많은 사람의 축하 인사를 받고, 갖고 싶어하던 선물을 받고,

그렇게 행복한 생일을 보낸 다음 날..

그때가 가장 쓸쓸한 것 같습니다.

파티가 끝난 후, 어젯밤 그 화려했던 순간의 잔재들만 뒹구는

텅 빈 파티장에 홀로 남은 듯한 기분..

그 쓸쓸함은 해가 갈수록 더해갑니다.

그 사람이 내 곁에 있을 땐, 이런 거 몰랐었는데..

그 사람만 있으면 많은 사람도 필요없었는데....

이젠 그 끝의 허전함 때문에 사람들 만나기가 두렵습니다.

하지만 막상 특별한 날 혼자 있게 되면,

결국 외로움을 견디지 못하고,

제가 먼저 사람들을 찾아 나섭니다.

제발 같이 좀 있어달라는..

혼자서는 도저히 그 사람 생각을 안 할 수가 없다는..

말은 차마 못 하지만, 사람들은 이미 알고 있을지도 모르겠습니다.

한 친구가 그랬거든요. 제 눈을 보면 알 수 있다고..

아직 제 눈 속에 그 사람이 들어 있는 게 보인다고..

모두들 아는데.. 내 눈 속에, 내 마음속에, 내 온몸 구석구석에

그 사람이 아직 살아 있다는 걸 다른 사람은 다 아는데....

단 한 사람! 그 사람만 모르고 있다는 사실이 저를 슬프게 합니다.

어쩌면, 그 사람도 다 알면서 일부러 모른 척하고 있는 거라면?

그 생각을 하면, 심장이 터질 것처럼 슬픔이 북받쳐 오릅니다.

그의 빈자리가 세상에서
가장 큰 공허함으로 느껴지는 것.
아무것도, 그 어떤 누구도 대신할 수 없을 것 같은 것.

사랑
이란

우리가 인연이 아니라 해도

오늘을 디데이로 정했습니다.

그러곤 어떤 말로 시작하면 좋을까,

무슨 얘기부터 꺼내는 게 어색하지 않고 자연스러울까..

생각하고 또 생각한 끝에, 무조건 솔직해지자!

그렇게 결론 내렸죠.

그와 알고 지낸 지 오랜 시간이 지났는데, 그동안의 말과 행동들을

되짚어 생각해보니, 그도 저를 싫어하는 것 같진 않았습니다.

어쩌면 오히려 좋아하면서도 용기가 없어

말을 못 하고 있는 건지도 모른다고 생각했죠.

그래서 제가 먼저 얘기하려고 했습니다.

좋아한다고.. 널 사랑한다고....

기회를 엿보다가 말 못 하고 지나간 적이 많았기에,

오늘만큼은 꼭 얘기해야겠다고 마음먹었는데,

왜 뭐든 준비하면 늘 계획대로 되지 않는 건지....

어느 때 전화해도 잘 받던 그가 전화를 받지 않는 겁니다.

이름을 검색하고, 그 이름을 뚫어져라 쳐다보며 통화 버튼을
누를까 말까 한참을 고민하다가, 떨리는 가슴을 진정시키며
겨우 초록색 통화 버튼을 꾹~ 눌렀는데..
한 번 울리면 받을까, 두 번 울리면 받을까, 헛기침을 몇 번씩 하며
목소리를 가다듬고 기다렸는데..
처음에는 잠시 휴대폰을 두고 어디 갔나 싶어서
두 번, 세 번 다시 걸어봤지만, 여전히 신호만 가는 그의 휴대폰....
처음 긴장했던 마음은 점점 진정이 되더니,
나중에는 이런 생각이 들더군요.
혹시 그에 대한 마음을 포기하라고..
역시 우린 인연이 아니라고.. 하늘에서 힌트를 주는 건 아닐까?
오늘은 그렇게 결론을 내렸지만, 언제 또다시 그에게 전화를 걸어
솔직한 마음을 얘기하고 싶어질지.. 그건 저도 모르겠습니다.

혹시 우리가 인연이 아니라 해도
언젠가 꼭 한 번은 내 마음을 고백하고 싶은 것.
제가 그를 사랑했다는 사실조차 모른다면,
그건 너무 슬플 것 같으니까요.

사랑
이란

8

그 사람 때문에...

웃게 돼요

나를 웃게 해주는 사람

모처럼의 회식 자리였지만 기분이 나질 않았습니다.

낮에 회사에서 하필 그가 옆에 있을 때 부장님한테 꾸중 들었던 게

신경 쓰이고 창피해서 그의 얼굴도 못 쳐다보겠고,

그래서 자꾸 그를 피해 다른 사람 옆자리에 앉았죠.

그러다 보니 그가 다른 여직원이랑 다정하게 얘기하는 게

또 신경 쓰이고, 정말 이러지도 저러지도 못하는 제 모습에

스스로 짜증이 나 있는 상태였습니다.

저녁만 먹고 그냥 갈까 하다가, 도저히 그를 다른 여자들 틈에

남겨두고 갈 수가 없어서 노래방까지 따라갔습니다.

물론 그곳에 가서도 흥은 나지 않았지만

그가 있기에 참고 앉아 있었죠.

그런데 그가 갑자기 눈짓을 하더니, 휴대폰을 보라고 하더군요.

그래서 가방에서 휴대폰을 꺼내 봤습니다.

새로 온 문자가 있었습니다. 그가 보낸 거였죠.

'여기 재미없죠? 저도 따분하고 지루한데

우리 따로 나가서 더 재밌는 거 찾아볼래요?'

바로 그에게 활짝 웃어 보이며 오케이 사인을 보냈고,

우린 다른 사람들이 노래와 춤에 취해 있는 사이,
몰래 빠져나왔습니다.

그렇게 나와서 그가 나를 데리고 간 곳은 오락실..
내내 지켜봤는데,
기분도 안 좋아 보이고 뭔가 풀 게 많아 보인다며,
동전을 잔뜩 바꿔 오더니
두더지 잡는 기계에 넣어주는 것이었습니다.
그동안 쌓였던 스트레스 다 풀어버리라고
옆에서 추임새까지 넣어가며 응원을 해주는데,
제가 두더지를 잡는 동안
제 마음은 완전히 그에게 잡혀버렸습니다.

그 사람 때문에 웃는 것.
나를 웃게 해주려는 그의 마음, 사랑이라고 믿어도 되는 거죠?

사랑
이란

영원히 비밀로

그를 알게 된 건, 신입생 환영회 때 맥주 한 잔에 비틀거리는

그를 부축해주면서부터였습니다.

대학에 들어와 처음 해보고 싶었던 게

술에 취해 쓰러져 보는 거였다는 아이..

그 순간 다른 남자애들과는 달라 보이는 그에게 호감을 갖게 됐죠.

그게 시작이었나 봅니다.

다른 남자들보다 그가 좀 더 특별해 보이고, 그의 목소리만 들리고,

그의 모습만 보이는 거.. 그때부터 이미 시작되었나 봅니다.

하지만 그는, 저를 친구 이상으로 보지 않았죠.

다른 사람을 사랑하면서 힘들 때면 언제나 저를 찾곤 했으니까요.

오늘도 그는 술에 취해 저에게 전화를 했습니다.

자기 얘기를 들어줄 사람은 역시 저뿐인 것 같다고..

가끔 우리가 함께 우동을 먹으러 갔던 포장마차에서

혼자 술잔을 들이키고 있는 그.. 저는 그의 술잔부터 뺏었습니다.

그리고 말했죠.

"이제 술 좀 배웠다 이거냐? 맥주 한 잔에 비틀거리던 녀석이

크긴 많이 컸나 보다. 이 누나랑 대작할 정도의 주량까지 되다니."

그러곤 그의 앞에 앉았는데,

내 얼굴은 쳐다보지도 않고 고개를 푹~ 숙인 채

그대로 흐느끼기 시작하는 그..

남자가 우는 모습은 처음 보는 거라, 당황스러웠습니다.

그런데 이어지는 그의 말에 저는 더 할 말을 잃었습니다.

얼마 전 선을 본 여자랑 그냥 결혼하기로 했다는 말..

어차피 첫사랑 그 선배가 아니면, 자기한테는 다 똑같은 여자라고..

그럴 바엔 부모님한테 효도나 해야겠다는 그의 말에,

전 아무 말도 못 한 채, 그의 술잔을 뺏어 대신 마실 뿐이었습니다.

다른 여자 때문에 아파하는 그를 바라보기만 하는 것.
그가 기댈 어깨라도 돼줄 수 있다면, 제 사랑은 이대로 영원히
비밀로 간직하겠습니다.

기막힌 타이밍

평소 마음에 두고 있던 그 사람이

어디서 무슨 말을 들었는지,

아니면 제 행동이나 말에서 뭔가 눈치를 챘는지,

요즘 저에게 전화를 자주 합니다.

오늘은 문자 메시지도 하나 보냈더군요.

시간 되면 영화나 같이 보자고..

물론 바로 오케이라고 답문자를 보내고 싶었지만,

여자가 한 번에 데이트에 응하면 너무 가벼워 보일 수 있다고,

기본적으로 두세 번은 튕겨줘야 한다는 친구들의 조언에 따라,

다른 약속이 있으니 다음에 보자고 거짓말을 했습니다.

그렇게 그의 데이트 신청도 거절하고,

그날은 혼자 쇼핑을 했습니다.

그가 다음에 다시 데이트 신청을 해오면,

그때 입고 나갈 옷을 사러 다녔죠.

그러다 쇼윈도에 비친 모습이 언뜻 후줄근해 보이기에,

가까운 미용실에 들러 헤어스타일도 바꿨습니다.

그런데 며칠이 지나도 그에게선 연락이 오지 않았고,

괜히 친구들 말 들었다가 평생 한 번 올까 말까 한 기회마저

놓쳐버린 것 같아서, 친구들을 원망하며

서서히 망가져가고 있을 때였죠.

그에게 분위기 있게 보이려고

흘러내리는 연출을 했던 앞머리에 까만 실핀 하나 꽂아 올리고,

귀찮아서 화장도 안 하고 출근한 날이었습니다.

하필 타이밍도 절묘한 그날..

저녁도 먹고 심야 영화도 한 편 보자고 데이트 신청을 하는 그..

도저히 그에게는 보여줄 수 없는 제 상태를 어떻게 해도

감출 수 없을 것 같아, 결국 피눈물을 흘리며 거절했습니다.

다음을 기약하며....

생각만큼 멋있거나, 기대만큼 로맨틱하게 찾아오진 않는 것.
늘 무방비 상태에서 당황스럽게 찾아오는 사랑이 밉기만 합니다.

사랑
이란

나를 슬프게 하는 것들

그에게 비밀을 만들지 않으려고 노력했습니다.

그래서 저의 창피한 실수담까지

그에게만큼은 숨기는 거 없이, 모두 얘기해줬죠.

새끼손가락 걸고 혼자만 알고 있기로 약속하면서..

그런데 그는, 언제부턴가 저에게 비밀을 하나씩

만들어가고 있는 것 같습니다.

같이 있을 때 누군가에게 전화가 오면 저를 피해서 받고,

궁금해서 누구냐고 물어보면 그냥 친구라고,

말해줘도 제가 모를 거라면서 넘어가 버리는데,

그거 생각보다 참 섭섭하더라구요.

그래서 자존심이고 뭐고 졸랐습니다.

그러나 그는 저의 대책 없는 애교에도 눈 하나 끔쩍 안 하고

먹던 밥을 계속 먹기만 합니다.

예전 같으면 자기도 같이 온몸을 떨며 제 애교에 동조해줬을 텐데

요즘은 어울리지도 않는 애교 좀 그만 떨라며

저를 민망하게 합니다.

아무래도 그의 마음이 변한 것 같습니다.

처음 연애할 땐 내가 조금만 화난 얼굴 해도 안절부절못하더니,

이젠 혼자 풀어질 때까지 그냥 내버려두는 거 보면,

사랑이 식은 게 분명합니다.

나에게 비밀을 만드는 그 때문에 슬픈 것.

마지막으로 한 번만 더 졸라보고, 그래도 얘기 안 해주면..

그땐 정말 어떡하죠?

사랑
이란

바쁜 거지? 그렇지?

제가 이렇게 될 줄은 몰랐습니다.

누굴 좋아하거나 연애를 한다 해도

하루 종일 휴대폰을 손에서 내려놓지 못하고,

어딜 가든 한 몸처럼 갖고 다니고,

잘 때는 혹시 진동을 못 느낄까 봐 손에 꼭 쥐고 자고,

출근할 때 지갑은 놓고 다녀도 휴대폰은 꼭 챙기는 거,

제가 그런 걸 하게 될 줄은 몰랐습니다.

친구들이 수시로 휴대폰 보면서

남자친구한테 연락 안 오나 기다리고,

금방 통화했으면서 또 문자 메시지를 보낼 때마다

짜증 내고 가끔 화까지 낸 적도 있는 제가,

친구들이 하던 행동을 그대로 할 줄은 정말 몰랐습니다.

그리고 사람 마음이란 게, 그렇게 단순한 것이 아니라는 것도

이제는 알 것 같습니다.

처음엔 답장 같은 거 바라지 않고, 그냥 안부 문자 보내는 거라고

그렇게 혼자 생각하며 그에게 연락했는데,

진짜 그에게서 답이 없으니까 많이 섭섭하고,

그래서 자꾸 기다리게 되고,

안 올 줄 알면서도 혹시 휴대폰이 고장난 건 아닌가

확인하고 또 확인하는 제 모습이 말해주고 있으니까요.

'혹시 문자가 안 갔나? 다른 사람한테 잘못 갔나?'

수십 가지 경우의 수를 생각하며, 설마 그 사람이 일부러

연락을 하지 않는 건 아닐 거라고 스스로 위로하는 저를 보면서

또 한 번 놀라고 있는 중입니다.

사랑
이란

오지 않는 연락을 하염없이 기다리는 것.
그러다 오늘은 오겠지.. 내일은 하겠지.. 바빠서 못 하는 걸 거야..
점점 이해하게 되는 것.

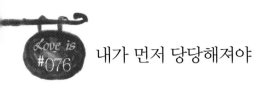

내가 먼저 당당해져야

가끔 바보처럼, 우연히 일어나는 일에 그 사람의 마음을 점쳐보곤 합니다.

오늘 아침엔 회사 엘리베이터를 타고 올라가면서 이런 생각을 했죠.

'12층까지 한 번도 서지 않고 쭉~ 올라가면

오늘 분명히 그 사람한테서 전화가 온다!'

하지만 그건 거의 불가능한 일이라 기대를 안 하고 있었는데,

정말 12층까지 쉬지도 않고 쭉~ 올라가는 엘리베이터!

이건 분명 행운의 징조가 아닐까 하는 생각이 들었습니다.

그리고 두 번째 점치기!

'사무실 문 앞에서 다른 사람이 열어놓은 문으로

내가 손대지 않고 들어가면 진짜 그 사람한테서 전화가 온다!'

두 번째 점치기도 성공할까? 살짝 긴장하며, 엘리베이터에서 내려

사무실 쪽으로 걸어가는데, 그때 마침 내 앞을 새치기해서 들어가는 동료.

전 그 틈을 놓치지 않고 열린 문에 손을 대지 않은 채 들어갔습니다.

그리고 예감했죠. 오늘은 정말 무슨 좋은 일이 생기리라는 것을..

그렇게 기분 좋은 예감으로 시작된 하루..

즐겁게 일하는 모습이 주변 사람들에게도 좋아 보였는지

모두들 한마디씩 했습니다. 오늘따라 유난히 표정이 밝다고..

역시 사랑을 하면 감출 수 없다더니 맞는 것 같았습니다.

그런데 잠시 후, 한 사건을 통해 전 제가 바보라는 사실을

다시 한 번 절실히 느꼈습니다.

외근 나갈 일이 있어서 회사 밖으로 나갔다가

신호등 건너편에 서 있는 그 사람을 봤습니다.

순간, 갑작스런 마주침에 당황한 저는

저를 알아보고 손을 흔드는 그를 외면한 채,

바로 뒤돌아 다시 회사로 들어와 버렸습니다.

'반갑게 손을 흔들며 인사했던 그 사람은 얼마나 황당했을까?

나를 이상한 여자라고 생각하겠지?'

별별 생각이 다 들면서, 그 사람 앞에서

태연하고 자연스럽게 행동하지 못한 제가 너무 싫었습니다.

그리고 또 한 가지, 쓸데없는 점치기만 하고,

갑작스런 상황에선 늘 이렇게 바보처럼 구는 제가

그렇게 못나 보일 수가 없었습니다.

행운이 가져다주는 게 아니라 내가 만들어가는 것.
그 사람의 마음을 얻기 전에, 제 마음이 먼저 당당해져야 한다고
다시 한 번 결심해봅니다.

내겐 너무 특별한 그의 모습

오늘 드디어 백 가지를 채웠습니다.

그 사람에 대해, 내가 알고 있는 백 가지!

이제 저보다 그 사람을 더 잘 아는 사람은 없을 겁니다.

그와 알고 지낸 지는 3년 정도 됐지만,

사귀기 시작한 건 4개월 정도 됐습니다.

그런데 그냥 친구로 지내다가 남자친구로 사귀어보니,

다른 매력이 많이 발견되더라구요.

그때부터 쓰기 시작했습니다.

그의 독특한 버릇, 눈에 띄는 습관,

내 눈에 너무 멋있어 보이는 그의 모습들을

하루에 한 가지씩 적기 시작했죠.

지금 막~ 마지막 한 개를 더해, 딱 백 가지를 채웠습니다.

그와 첫 데이트를 하던 날,

아이스크림을, 특히 녹차 맛을 가장 좋아한다며

커다란 아이스크림 한 통을 순식간에 먹어치우는 모습이

마치 어린아이처럼 귀여워 보였죠.

그래서 그날 밤 집에 돌아와,

미니홈피 게시판에 그 사람만을 위한 공간을 만들었습니다.

물론 저만 볼 수 있도록 비공개로 해뒀죠.

그렇게 그날부터 하나씩 번호를 매겨 적다 보니,

'1번 - 녹차 맛 아이스크림을 좋아하는 그 사람' 부터

'100번 - 파마머리도 잘 어울리는 남자' 까지,

백 개나 되는 그 사람의 사소한 모습들이

제겐 모두 특별한 의미가 됐습니다.

다른 사람이 하면 별거 아니지만,
그 사람이 하면 특별한 것.
내일은 편지에 백 가지 내용을 모두 적어 선물해야겠습니다.
그럼 아마 26번에 적혀 있는 대로 감동받아 눈물을 찔끔거리겠죠?

사랑
이란

나를 사랑한 겁쟁이

사실 평소 저는 바른 생활녀! 모범생! 소리를 자주 듣습니다.

학교 다닐 때도 수업 끝나면 바로바로 집에 갔고,

대학에 들어가서도 하룻밤 자고 와야 하는 엠티는 가지 않았죠.

그런데 언제부턴가, 저도 모르게 부모님께 슬슬

거짓말을 하기 시작했습니다. 사랑이란 걸 하면서부터..

처음엔 남자친구가 생긴 이후로도 10시만 되면

통금 시간을 칼같이 지키며 귀가를 했습니다.

그런데 어느 날 남자친구가 저에게 섭섭하다고 말하더군요.

데이트 좀 할 만하면 집에 간다고 하는 바람에,

사귄 지 1년이 넘도록 우리가 함께해본 게 하나도 없다고..

남들처럼 해돋이 여행도 가고 싶고, 심야 영화도 보고 싶고,

동대문 새벽시장에 가서 이것저것 구경도 하고 싶은데

정말 안 되겠냐고..

그러고 보니, 제가 너무 이기적이었단 생각이 들더군요.

그래서 오늘은 집을 나오면서 엄마한테 거짓말을 하고 말았습니다.

회사에 일이 많아 야근을 하게 될 것 같다고..

그런데 이 남자, 제 딴에는 양심에 찔리는 거짓말 하고

오늘은 심야 영화를 보러 가든 새벽시장 가서 구경을 하든

하고 싶었던 거 다 하자고 했더니, 오히려 저를 말리더군요.

집에서 걱정하신다고, 데려다 줄 테니 그냥 들어가라고..

이 남자, 알고 보니 겁쟁이더라구요.

지금껏 잘 지켜온 내 규칙도 그가 원한다면 깰 수 있는 것.
하지만 그 사람의 사랑으로, 영원히 그럴 일은 없을 것 같습니다.

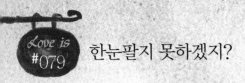

한눈팔지 못하겠지?

오랜만에 동창 모임이 잡혔다고 말하는 남자친구..
나가도 되냐고 묻더군요. 당연한 걸 왜 묻냐고 했더니,
옛날 자기 첫사랑이었던 여자 동기도 올 텐데
불안하지 않겠냐고 하는 겁니다.

그래서 그랬습니다. 도대체 나를 뭘로 보는 거냐고,
내가 그렇게 속 좁은 여자로 보이냐고,
우리 처음 연애 시작할 때 서로 만나기 전에 알았던 이성에 대해선
트집 잡지 않기로 한 거 잊었냐고..
그런데 솔직히 그런 약속을 할 땐,
정말 이런 일이 있을 줄은 몰랐기에
막상 쿨하게 만나러 가라고 말하는 게 쉽지는 않았습니다.
어쨌든 처음에 약속한 게 있으니 딴소린 못 하겠고,
웃으며 괜찮다고 말해줬죠.

그런데 보내놓고 나니,

영~ 불안해서 집에 그냥 있을 수가 있어야죠.

그래서 제가 어떻게 했는 줄 아세요?

그날 저녁 남자친구 집에 가서, 그의 부모님과 함께 저녁도 먹고,

동생들이랑 놀아주면서 그의 가족들에게 점수도 따고,

그가 돌아올 때까지 집에서 기다렸죠, 뭐.

제가 집에 와 있으니 일찍 들어오라고

어머님께서 계속 남자친구에게 전화를 하셔서

그는 결국 집에 일찍 들어올 수밖에 없었답니다.

내 남자가 한시라도 다른 여자,
특히 옛사랑의 추억에 한눈팔지 않도록 꽉 잡아주는 것.
남자친구가 저의 의도를 알아챈다 해도,
이 정도는 귀여운 애교로 봐주지 않을까요?

사랑
이란

그의 생일

오늘은 그의 생일입니다.

그래서 생일 선물로,

평소 그가 좋아했던 치즈케이크를 하나 샀습니다.

그러곤 혼자서 쓸쓸하게 생일을 맞이할 그를 향해,

서둘러 출발했습니다.

마음이 급해서 규정 속도를 가끔 어기기도 하고,

끼어들기도 하면서 운전하는데..

지금 내 모습을 보면 그 사람이 뭐라고 할지 눈에 선하더군요.

순간, 그의 잔소리가 귓가에 울리는 것 같아, 저도 모르게,

속력을 점점 줄였습니다.

어느새 해는 지고, 어둠이 짙게 깔린 늦은 밤..

차를 세우고, 걸었죠.

그가 있는 곳은 차가 올라가기엔 길이 좁아서

100m쯤 걸어 올라가야 하거든요.

마침내 저를 기다리고 있는 그와 마주하고 섰습니다.

"오래 기다렸지? 추운데 오래 기다리게 해서 미안해.

대신, 니가 좋아하는 치즈케이크 사왔는데.. 맛있겠지?"

하지만 그는 정말 화가 많이 났는지, 아무 말도 하지 않습니다.

3년 전 제 곁을 떠날 때도 그렇게 아무 말 없이 훌쩍 가버리더니,

그때처럼 그 사람은.. 입을 꾹 다문 채.. 누워 있네요.

이미 이 세상에 없는 사람이지만, 여전히 내 가슴에선
떠나보내지 못하는 것.
못 해준 게 너무 많아서, 아직은 도저히..
그 사람을 보내줄 수가 없습니다.

사랑
이란

9

겨울이...
시작될 무렵이었어요

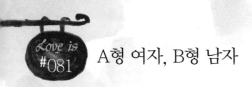

A형 여자, B형 남자

얼마 전부터 한창 혈액형별 성격 분석에 재미를 붙인 그 남자.

저만 보면 소심쟁이라고 놀리는데, 아주 못 살겠습니다.

제가 A형이거든요. A형이 얼마나 착하고 순하고

장점이 많은 혈액형인데.. 그건 알아주지 않고, 딱 한 가지!

소심하다는 것만 갖고 놀려대다니, 집요한 B형 남자답다니까요.

B형 남자랑 연애하느라 상처도 많이 받고 혼자 속으로 참는 게

얼마나 많은데.. 그것도 모르는 바보 같으니라구.

하지만 이런 제 마음을 얘기하면 그 남자는 또 그러겠죠.

역시 속 좁고 소심한 A형이라고..

이러니 화도 못 내겠고, 그렇다고 참고 있자니 속에선 불이 나고,

아무래도 화병에 쓰러질 것 같아서, 오늘은 정말 또 한 번

혈액형 갖고 뭐라 그러면 가만있지 않겠다고 다짐하고 나갔습니다.

그런데 그 남자, 오늘따라 한껏 분위기를 잡고 나타나서는

갑자기 제가 걱정된다고 하더군요.

소심하고 내성적인 성격 때문에 어디 가서 힘들다 소리도 못할 텐데..
자기랑 헤어져서 어떻게 지낼지 걱정된다고..

'헤어지다니?'
하지만 전 그 날벼락 같은 소릴 듣고도
입술만 깨문 채, 아무 말도 못 하고,
그저 멍~하니 앉아만 있었습니다.
이유가 뭔지, 도대체 갑자기 왜 이러는지, 붙잡고 묻고 싶었지만,
매달리는 제 모습에, 이래서 헤어지고 싶은 거라고..
그 사람이 그럴까 봐.. 결국 또.. 입을 꾹, 다물어버렸습니다.

이별을 얘기하는 그 사람 앞에서 그저 입술만 깨무는 것.
숨이 턱까지 꽉 막혀서 아무 말도 입 밖으로 꺼내지 못하고,
그대로 굳어버렸습니다.

사랑
이란

반쪽을 찾아서

겨울이 시작될 무렵,

남자친구를 만들려면 동호회에 드는 게 최고라고..

솔로 생활 30년을 청산한 친구가 충고를 해주기에

바로 가입했습니다.

그것도 젊은 청춘들이 득실거릴 것 같은 보드 동호회에!

그런데.. 제가 하나는 알고 둘은 모른 거였더군요..

첫 모임 때 나가 보니, 청춘보다 훨씬 파릇파릇하고 싱싱한 대학생,

심지어 막내 동생 같은 중고등학생들이 대부분이라

저는 완전 노땅 취급을 받겠더라구요.

아니나 다를까..

회원들은 저마다 저를 신기한 듯 쳐다보며 몇 년생이냐고 묻는데,

10년은 속여야 같이 놀아줄 것 같아서 거짓말이라도 할까

잠시 망설였지만, 피부 결이 다른데 먹힐 것 같지도 않고,

그냥 솔직히 말했죠.

그리고 이왕 이렇게 된 거, 군기라도 확실하게 잡아버렸습니다.

"니들 엄마 젖 먹을 때 나 초등학교 들어갔다, 왜?

보아 하니 다들 어린 거 같은데.. 야, 내 밑으로 줄서봐라~"

결국 사랑을 찾아 가입했던 동호회에서 원로 고문역만 맡게 되고..

지금은 어서 빨리 겨울이 지나가길 바랄 뿐입니다.

따뜻한 봄이 오면 새로운 동호회를 찾아봐야죠.

아예 30대 싱글 클럽! 이런 데 가입해볼까요?

전 이제 서른이니까, 거기 나가면 오빠들한테 이쁨 받고,

사랑도 받고, 좋을 것 같은데.. 괜찮지 않나요?

사랑
이란

쉽게 만들어지지 않는 인연 때문에 내 짝을 더 절실하게
찾게 되는 것.
새로운 모임에선 제발 내 반쪽을 찾을 수 있길..

현명한 내조

너무 착해서 사랑스러운 남자, 하지만 또
어리석을 만큼 착한 그 사람에게 화가 나는 일도 종종 있습니다.

며칠 전 저녁, 시간이 돼서 같이 밥 먹자고 전화를 했더니
또 누군가의 일을 대신 해주느라 늦을 것 같다고 하는 겁니다.
전 모처럼 시간이 난 건데, 그럴 때마다 꼭 다른 사람 때문에
우리의 데이트를 망치는 게 짜증나서, 화를 내버렸죠.
"왜 남들이 부탁하는 건 거절을 못 해? 저녁은 먹었어?
밥도 못 먹고 그렇게 일만 하면 누가 알아줘? 정말 속상해 죽겠어."

그렇게 전화를 끊고 나니, 마음도 안 좋고,
일단 내 남자를 챙겨 먹여야겠다는 생각에
도시락을 사서 그의 회사로 갔습니다.
그리고 가는 길에 친구들한테 전화를 했죠.
단체 미팅 한번 해야겠다고..

남자친구 회사에 있는 노총각 선배들이

애인 있는 내 남자한테 괜한 심술을 부리느라

일을 많이 주는 건 아닌가 싶어

잘 좀 봐달라는 아부로 미팅 주선을 애기해보려구요.

이래서 남자친구 회사 생활이 좀 편해진다면

이것도 여자친구로서 현명한 내조 아닌가요?

사랑
이란

바보처럼 착한 그 사람을 보고 있으면 화가 나는 것.
하지만 그렇다고 화만 내고 있을 것이 아니라,
현명한 방법을 찾아봐야겠죠?

착각의 늪

그가 오기만을 기다리고 있었습니다.

어제 새벽, 난데없는 문자 한 통으로 처녀 가슴 들뜨게 한 그 사람..

그 사람을 보면 표정 관리를 어떻게 해야 할까 연습하며

문 쪽만 바라보고 있었죠.

그런데 출근 시간이 지나도 나타날 기미가 안 보이는 그 사람..

혹시 내 얼굴 보기가 민망해서 그런가?

남자가 부끄러워하는 것조차 귀엽게 생각돼서, 안 되겠다,

그 사람 오면 내가 먼저 차 한 잔 갖다줘야겠다, 생각했죠.

그런 생각을 하며 있다 보니

저도 모르게 입가엔 웃음이 삐져나왔고,

그 모습을 본 동료들은 좋은 일 있으면 같이 좀 웃자고

자꾸 묻더군요. 그중에서도 가장 친한 동료가 집요하게 캐묻는데,

몇 번을 얘기할까 말까 망설이다가, 꾹 참았습니다.

그런데 말 안 하길 정말 잘한 거였더군요.

회의 들어가기 바로 직전 부스스한 모습으로 출근한 그 사람..

혼자 사는 남자, 아침도 못 먹고 나왔겠구나 싶어서

율무차라도 한 잔 타다 주려는 순간, 그의 말에,

제 부풀었던 꿈은 한순간에 무너지고 말았습니다.

어제 회식 끝나고 집으로 가면서 잘 자라고 단체 문자 보냈는데

아무도 답이 없었다고..

외로운 노총각 밤새 얼마나 외로웠는지 아냐며 우는소릴 하는데,

저한테만 보낸 줄 알았는데 사무실 사람 모두에게 보낸 거였다니,

혼자 착각하고 좋아했던 제 자신이 너무 창피하고 부끄러웠습니다.

잠시나마 들떴던 내 마음, 누가 알까 창피한 것.
근데 혹시 그 사람.. 자기 마음 들킬까 봐 괜히 부끄러워서
선수 친 건 아니었을까요? 그렇게 믿고 싶습니다.

오늘은 내가 널 바래다줄게

매일 저녁 그는 저를 집까지 바래다주기 위해 회사 앞으로 옵니다.

그와 저는 사귄 지 1년이 다 되어가는데,

그는 지금까지 하루도 거르지 않았죠.

그런데 전 그게 얼마나 고마운 일인지, 미처 생각하지 못했습니다.

어제 언니의 얘길 듣고서야 알았죠.

하루도 빠짐없이 매일 저를 데려다 주는 게

보통 정성 어린 마음이 아니고선 힘든 일이라는 걸.

그래서 오늘 퇴근길엔, 제가 데려다 줘야겠다고 마음먹었습니다.

물론 차는커녕 운전면허도 없어서 그가 편안하게 귀가할 순 없지만,

그를 위한 제 마음을 보여주고 싶었습니다.

일단 회사 앞에서 기다리고 있던 그의 손을 잡고

버스 정류장으로 갔습니다.

자신의 차는 반대쪽에 있다는 그에게

그냥 따라오라고 말하며 이유를 설명했죠.

오늘은 내가 널 바래다주고 싶다고..

버스가 덜컹거릴 때마다 서로 손도 꽉 잡아주고,

차창 밖 풍경도 보면서,

그렇게 천천히 널 집까지 바래다주고 싶다고..

그러곤 혹시나 그가 출출해할까 봐,

버스 정류장 앞에 있는 김밥집에 들어가

김밥 두 줄을 포장하고, 음료수도 두 개 산 후,

소풍 가는 아이처럼 들떠서, 좌석버스에 올라탔습니다.

맨 뒷자리에 앉아 학창 시절 수학여행 갔던 그때 그 기분으로

그의 입 속에 김밥 하나를 넣어줬고,

그렇게 오물오물 맛있게 먹는 그를 바라보니 행복했습니다.

상대방을 집까지 바래다주고 싶은 마음.
그래서 밤새 서로의 집을 왔다 갔다 한다는 게 거짓말이 아니라는 거,
오늘 직접 몸으로 경험했습니다.

오늘의 운세

아침에 일어나 신문을 보다가 우연히 '오늘의 운세' 란을 봤습니다.

평소 그런 걸 잘 믿지는 않지만, 오늘따라 눈에 들어오기에

뭔가 특별한 일이 있으려나.. 약간의 기대감을 가지고 읽어봤죠.

"어디 보자, 74년생 호랑이띠, 어디 보자..

연애운, 머리로 계산하지 말고 마음이 시키는 대로 하라?"

사실, 요즘 좀 신경 쓰이는 한 사람이 있었는데,

이 한 줄을 읽는 순간 속마음을 들켜버린 것 같았습니다.

그러면서도 뭔가 암시를 주는 것 같기도 하고..

어떤 핑계라도 대고 싶던 차에 잘됐다 싶더군요.

그래서 오늘의 운세 한번 믿고 마음 내키는 대로

솔직하게 대시해보자 결심했죠.. 일단 문자부터 보냈습니다.

'어제 많이 피곤해 보이던데.. 오늘 컨디션은 어때?

넌 웃는 얼굴이 제일 멋있어. 오늘도 파이팅~'

정말 딴에는 용기 내서 문자를 보내놓고,

쿵쾅거리는 심장을 진정시키며 애써 딴 짓을 하다가,

혹시 답문자가 왔나 확인하고,

화장실 한 번 갔다 와서 또 확인하고,

물 마시러 간 사이 온 거 아닌가 보고 또 보고..

그러나 끝내 대답 없는 그..

그때부터 시작된 후회는 지금까지 저를 잠 못 들게 합니다.

'보내지 말걸..'

'괜히 부담스럽게 한 거면 어떡하지?'

'오늘따라 운세 같은 건 왜 눈에 띄어 가지고..'

'안 하던 짓 하면 꼭 이런다니까..'

한 번쯤.. 오늘의 운세를 믿어보고 싶은 것.
그만큼 무언가에 의지하고 싶은 게
누군가를 좋아하는 마음인 것 같습니다.

별난 선물

친구들과 지리산으로 여행을 다녀오겠다고 전화한 그..

미리 얘기하면 제가 못 가게 할 것 같았는지,

친구들이랑 계획 다 짜놓고 떠나기 직전 통보만 하더군요.

아무리 말려도 갈 거니까

못 가게 할 생각이면, 아무 말도 하지 말라고..

그리고 친구들 사이에서 자기가 여자친구한테 잡혀서

꼼짝도 못 하는 못난 놈으로 찍혔다고,

이번 기회에 만회해야 한다며 우는소릴 하기에

이러다간 정말 그가 친구들 사이에서 따돌림이라도

당할 것 같아서 허락해줬습니다.

대신 한마디를 덧붙였죠.

"알았어. 그럼 조심해서 다녀오구.. 대신 절대 한눈팔면 안 돼!

그리고 올 때 비싼 선물은 필요 없구, 지리산에 가면

특이한 돌멩이가 많다니까 돌멩이 좀 주워와~ 알았지?"

그는 선물도 참 별난 걸 바란다고, 하지만 아무리 무거워도
꼭 들고 올 테니 걱정 말라고 하더군요.
전 전화를 끊고 혼자 웃었습니다.
사실 그에게 돌멩이를 주워오라고 한 건, 정말 돌멩이가
갖고 싶어서가 아니라, 다른 속셈이 있어서 그런 거였거든요.
그가 저 없이 다른 사람들과 즐거워할 게 질투 나서, 잠시라도
내 생각하라고, 예쁜 돌멩이 고르면서 내 생각 한 번 더 하라고
일부러 그런 선물을 부탁한 거였습니다.

사랑
이란

그가 잠시라도 날 잊는 게 싫은 것.
못 본 지 하루가 지났을 뿐인데 벌써 너무 보고 싶습니다.
다신 혼자 여행 보내지 말아야지..

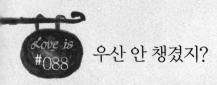

우산 안 챙겼지?

언제부턴가 밥은 잘 챙겨 먹는지.. 잠은 잘 자는지..

감기에 걸리진 않았는지.. 하나씩 걱정이 늘고,

궁금해지기 시작했습니다.

비가 오는 날이면 우산은 챙겨 들고 나왔을까?

또 일기예보 못 들어서 비 맞고 다니는 건 아닐까?

걱정돼서 저도 모르게 우산을 두 개씩 들고 나오기도 하고..

하루는 일하다가 출출할 것 같아서 야참용으로 초밥을

그 사람 것까지 2인분을 사서 들어왔죠.

혹시 그가 늦게까지 일을 하고 있으면 자연스럽게

같이 먹겠냐고 물으면서

좀 더 친해지는 계기를 마련할 생각이었습니다.

그런 생각을 하면서 사무실로 다시 들어왔는데..

잠시 자리를 비웠는지 그는 없고, 일하던 흔적만 있었죠.

그래서 그의 자리에 포장된 초밥 하나를 올려놓고

제 자리로 돌아왔습니다.

212

그런데 누가 다녀갔는지

책상 위엔 도시락과 메모 한 장이 놓여 있었고,

읽어보니, 제 남자친구였습니다.

"피곤해서 입맛 없어도 밥은 꼭 챙겨 먹어.

얼굴 보구 가려고 했는데

나두 짬 내서 잠깐 나온 거라 빨리 들어가 봐야 되거든.

그리고 지금 밖에 비 오는데 우산 안 챙겼지? 이거 쓰고 가~"

남자친구의 편지를 읽는 순간, 미안하고 죄스러운 마음이 들어서

도저히 그대로 있지 못하고, 뛰쳐나와 비를 맞았습니다.

그 사람이 끼니를 거를까 봐 걱정되는 것.
내가 다른 사람을 걱정하고 있을 때, 그는 내 걱정을 하고 있었다는 거..
이 미안한 마음을 어떻게 갚아야 할지 모르겠습니다.

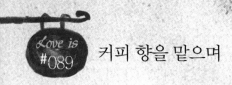

커피 향을 맡으며

아무리 더워도, 비가 억수같이 쏟아져도 꼬박꼬박 도서관에 간 건
다 이유가 있었습니다.
물론 집에서 공부를 하면 자꾸 딴 짓을 하게 되고,
냉장고 문을 몇 번씩 열었다 닫았다 먹을 것만 찾아서,
엄마한테 제발 한 시간이라도 진득하게 책상 앞에 앉아 있어보라고
잔소리 듣는 게 싫은 것도 있었지만, 그게 전부는 아니었습니다.

처음 하루는, 책을 빌리러 도서관에 갔는데
다시 집까지 걸어오는 게 너무 더울 것 같아서
그냥 도서관에 앉아서 빌린 책을 읽고 있었죠.
그런데 잠시 후 한 남학생이 제 앞에 와서 앉는데,
딱! 제 이상형이었습니다. 그래서 그날 이후로
하루도 거르지 않고 도서관에 갔고, 늘 그 자리에만 앉았죠.
그 남학생도 역시 언제나 같은 자리에 앉아 있었거든요.
그렇게 며칠을 보내다가, 그가 자리를 비울 때면
커피 한 잔씩을 뽑아 자리에 갖다 놓기 시작했습니다.

마음 같아선 메모라도 한 장 남기고 싶었지만,

그 정도까지 용기를 내기엔 제 배짱이 좀 모자랐습니다.

그저 그가 커피 향을 맡으며 한 모금 마시는 멋진 모습을

보는 것만으로 뿌듯했죠.

그러던 어느 날, 그날도 그가 자릴 비운 틈에 커피를 갖다 놓고

돌아설 때였습니다. 어! 바로 내 뒤에 서 있던 그..

제 팔을 덥석 잡아끌더니 어디론가 가더군요.

그러더니 커피 한 잔을 뽑아주며 한마디하는데,

아직도 그때 일이 꿈만 같습니다. 그가 뭐라고 했냐면요~

"그동안 커피 잘 마셨어요.

이제부터 그쪽 커피는 제가 책임질게요."

서로의 커피를 책임져 주는 것.
그렇게 하나씩 서로가 서로의 것을 책임지는 게 늘어가는 것.

통근 버스에서

그를 처음 본 건, 회사 통근 버스 안에서였습니다.

출근 첫날부터 늦게 일어나서,

빵과 우유를 들고 허겁지겁 달려가 버스 타기!

고등학교 때 봉고차 타고 등교하던 버릇이 그대로 나온 거죠.

그런데 한 달쯤 시간이 흐르고, 서서히 적응도 해가면서,

이젠 여유 있게 버스를 기다리는 경지에 이르렀을 때였습니다.

조금씩 버스에 타고 내리는 다른 부서 직원들이 보이기 시작했죠.

그런데 그중에서도 눈에 띄는 한 남자가 있었습니다.

큰 키에, 착하게 생긴 얼굴은 어느새 제 시선을 빼앗아버렸고..

출근길엔 늘~ 그 사람부터 찾는 게 습관이 되어버렸습니다.

그러던 어느 날.. 간발의 차이로 통근 버스를 놓치고

허탈함에 잠시 멍하니 서 있는데, 누군가 옆에서 말을 걸더군요.

통근 버스에서 본 적 있는데, 늦은 거 같으니까

같이 택시 타고 가지 않겠냐고..

너무 열심히 뛰어온 탓에 숨이 가빠 그런 건지,

내게 말을 건 사람이 통근 버스에서

몰래 훔쳐보던 그 남자라 그런 건지,

주책없이 콩닥거리는 심장 때문에 그 순간 정말 당황스러웠습니다.

어쨌든 그날, 잔돈이 없다고 택시 요금을 나보고 내라고 하더니

그 빚을 갚겠다며 그 사람은 저에게 자주 연락을 해옵니다.

혹시.. 그 사람도 저한테 관심 있는 거.. 아닐까요?

우연으로 시작된다고 생각하지만,
알고 보면 우연은 없는 것.
우연을 가장한 작업이라는 거 알면서도 속아주는 게
사랑이니까요.

사랑
이란

특별한 추억

친구들과 옛날 얘기를 하던 중

삐삐가 유행하던 시절 얘기가 나왔습니다.

각자 어떤 회사의, 어떤 모양의 제품을 사용했고,

삐삐를 치면 흘러나오던 음악은 뭐였는지

서로 얘기하느라 정신이 없었죠.

이젠 우리에게 지난 추억으로 남은 삐삐..

저에게는 또 다른 특별한 추억이 하나 더 있습니다.

처음으로 남자친구가 생겼을 때,

그가 저에게 준 첫 선물이 바로 삐삐였거든요.

저에게 생일 선물을 해주기 위해 아르바이트를 해서 모은 돈으로

작고 예쁜 빨간색 삐삐를 사줬던 남자친구.

그리고 그는 저와 똑같은 디자인의 파란색 삐삐를 샀었죠.

집에 돌아오는데 불현듯 그 기억이 떠올라서

방에 들어와 그동안 한 번도 치우지 않은 책상 서랍을 뒤져봤습니다.

온갖 잡동사니를 꺼내놓고 나니, 맨 구석에서 얼굴을 내미는

빨간색 삐삐!

건전지를 새걸로 바꿔 끼우고, 전원 버튼을 눌렀습니다.

"삑삑" 소리를 내며 전원이 들어오는 삐삐.

수신된 번호를 하나씩 눌러보니,

'1052' '3535' '1004' 그리고 마지막으로

그의 집 전화번호가 찍혀 있었습니다.

이미 오래전 일이라, 전화번호가 바뀌었을 수도 있는데..

혹시 그가 받을지도 모른다는 생각을 하며,

전화를 해볼까 말까 번호를 외우고 있는 나..

설마 아직도 그를 잊지 못하는 건 아니겠죠?

이젠 추억이 돼버린 그의 전화번호를 보고 가슴이 뛰는 것.
그러나 끝내 걸지 못하고 조용히 추억의 서랍을 닫습니다.

사랑
이란

모닝커피

저는 매일 아침 같은 시간, 자판기 커피를 뽑으러 갑니다.
지각 대장이었던 제가 언제부턴가 지각을 안 하는 것도
그 커피를 마시기 위해서입니다.
제가 시간을 꼭 맞춰 커피를 마시는 데는 다 이유가 있습니다.
바로 그 사람 때문이죠.

아침 8시 40분이면 커피를 뽑으러 오는 그 사람 때문에
늦어도 8시 30분까지는 출근해서 자판기 앞으로 먼저 뛰어갑니다.
우연히 선배의 심부름으로
자판기 커피를 뽑으러 갔다가 마주친 후부터
머릿속에서 사라지지 않는 그 사람의 얼굴을
하루종일 떠올리기 시작한 게, 벌써 두 달째입니다.
어느 순간부터는 동전 지갑도 따로 준비했습니다.
한번은 그 사람이 커피를 뽑으러 왔는데
자판기가 동전을 먹어버려서 그냥 가려는 걸
제 동전으로 한 잔 뽑아줬죠.

그랬더니 다음날 저한테 보답이라며 커피를 한 잔 사주더라구요.
혹시 이런 일이 또 있을까 싶어, 미리 동전을 모아두고 있습니다.

매일 아침 멋진 남자와 모닝커피를 마시며 하루를 시작하는 기분..
이게 바로 행복이라는 거 아닐까요?
새삼 행복론을 펼치는 저에게, 친구들은 김칫국부터 마시지 말고
기회 봐서 대시해보라고 하지만
전 지금 이대로도 충분히 만족합니다.
혼자 두근거리는 이 마음, 오랜만에 찾아온 상큼한 이 설렘을
좀 더 느껴보고 싶으니까요.

혼자 느끼는 짜릿한 설렘.
이 행복이 깨질까 봐 벌써 겁이 납니다.

단 15초 동안

불쑥 목소리가 듣고 싶어서 전화를 했는데,

막상 할 말이 떠오르질 않았습니다.

다른 이성 친구들한테는 보고 싶어서 전화했다고

자연스럽게 농담도 하고, 그냥 이유 없이 전화도 잘 하는데,

그 사람한테는 못 하겠습니다.

진심이니까요..

그 사람이 보고 싶어서 전화하는 게 진짜 마음이라 그런지

솔직하게 말할 수가 없습니다.

그래서 물어본다는 게..

그 사람 동네에 있다는 유명한 음식점이었죠.

"어? 어.. 저기 일산에 좋은 한식집이 있다며?

혹시 니가 아나 해서.. 누구랑 가려고 그러냐고? 어.. 혼자!"

이런! 그 비싼 한식집에 혼자 가겠다니,

이 무슨 부르주아 같은 발언이란 말입니까?

게다가 차도 없으면서 일산까지 힘들게 가서 먹을 필요가 있는지

제가 생각해도 이해가 안 되는데,

역시나 그 사람도 이상하게 생각하는 것 같았습니다.

어쨌든 자기도 잘 모르겠다고,

다른 친구한테 물어보고 문자를 보내주겠다는데,

전화를 끊고 보니 통화 시간은 딱 15초!

단 15초 동안 그의 목소리를 듣겠다고 하루 종일 머리를 굴렸던 게

허무해지면서, 결국 허탈한 웃음만 나왔습니다.

하지만 충분히 만족합니다. 짧은 15초의 시간이 저에겐

그와 열다섯 시간을 함께한 것보다 오래 남을 걸 아니까요.

그 사람 앞에선 늘 서툴고 어설픈 것.
실수하지 않으려고 애쓰지만, 언제나 빈틈이 많아서 아쉬운 게
바로 사랑인 것 같습니다.

사랑
이란

남들이 쳐다보든 말든

그가 달라졌습니다.

처음엔 뭐든 잘 먹어서 좋다더니,

요즘은 도대체 못 먹는 게 뭐냐고, 대놓고 구박입니다.

예전엔 밥 위에 생선도 발라서 얹어주더니,

이젠 목에 가시가 걸려 캑캑거려도 물 한 잔 안 떠다 줍니다.

급하게 먹는 거 보구

그럴 줄 알았다면서 한심하게 쳐다보기만 하죠.

글썽글썽 눈물 연기 들어가도 꿈쩍도 안 합니다.

오늘도 퇴근 후에 저녁을 먹으러 갔습니다.

그가 깔끔한 한정식이 먹고 싶다기에 순순히 따라갔죠.

임금님 수라상 부럽지 않게 잘 차려진 밥상..

갖가지 나물들이 먹음직스럽기에,

전 큰 대접 하나를 달라고 했습니다.

나물들 골고루 넣고 쓱쓱 비벼서 한 입 넣으면, 꿀꺽!

정말 맛있겠다고 입맛을 다시며 기다리고 있었습니다.

잠시 후, 전 말했던 대로 맛있는 비빔밥을 만들어

한 숟가락 입 안에 가득 넣고 열심히 먹었죠.

그런데 처음엔 뭔가 맘에 안 든다는 눈으로 쳐다보던 그..

가만히 보고 있더니, 슬슬 침을 삼키다가, 애처로운 눈빛으로

"나도 한 입만~" 하며 검지를 쭉~ 들어 보이는데,

너무 귀여워서 제 손으로 먹여주고 말았습니다.

남들이 쳐다보든 말든,

원래 사랑할 땐 주변 사람들 신경 안 쓰게 되잖아요.

숟가락 하나로 같이 나눠 먹을 수 있는 것.
나 한 입, 자기 한 입 하면서 사이좋게 한 그릇 뚝딱 헤치우고 나니,
그동안의 서운함은 사라지고, 예쁜 우리 사랑만 남았습니다.

사랑
이란

닭살 멘트

분명히 남자친구는 해외 출장을 가고 없는데,

저녁때만 되면 남자친구의 휴대폰 번호가 찍혀서

문자가 들어옵니다. 심지어 어제는

'오늘도 수고했어! 열심히 일한 우리 자기 내 뽀뽀를 받아랏. 쪽~'

이런 문자가 들어오더니, 오늘은

'나 없어서 심심하다고, 친구들 데이트도 못 하게 놀아달라고

떼쓰고 있는 건 아니지? 자갸~ 심심해도 조금만 참아~'

도대체 누가 장난을 치는 건지 이상하다 싶어서

남동생한테 얘길 했죠.

그랬더니, 남자친구가 예약 문자 서비스를 이용한 것 같다고,

자기도 왕년에 이런 거 다 해봤다고 하더군요.

그러면서

지금 외로움에 사무쳐 허벅다리 벅벅 긁고 있는 자기 앞에서,

닭살 커플 자랑하냐며 버럭! 히스테리를 부리는데..

무서워서 얼른 도망 나왔습니다.

그러곤 남자친구에게 바로 국제전화를 걸었죠..

"자기야~ 나 심심해도 참을게.

자기도 나 많이 보고 싶어도 꾹~ 참아. 알라븅~"

서로에게 끊임없이 닭살 멘트를 날리는 것.
그 누가 막을지라도, 우리의 닭살 행각은 절대 멈추지 않을 거예요.

사랑
이란

내 사랑 뚜벅이

그 사람은 뚜벅이였습니다. 운전면허증조차 없었죠.

처음에는 그런 그가 순수해 보이고, 고집 있어 보였습니다.

그런 모습이 마음에 들어서 사랑하게 됐습니다.

그런데 데이트를 할 때마다 점점 불편함을 느끼다 보니,

그에게 짜증을 부리는 횟수가 늘어갑니다.

좀 더 오래 같이 있고 싶어도

버스나 지하철이 끊기기 전에 집에 가야 하니,

서로 일이 늦게 끝나는 날에는 아예 얼굴도 못 봅니다.

택시 타면 되지 않냐구요?

버스 끊기면 택시 요금 아깝다고

걷자고 하는 사람이 바로 제 남자친구거든요.

처음 몇 번은 낭만적으로 생각했는데

한여름은 너무 덥고, 한겨울은 너무 춥고, 장애가 많습니다.

그런데 이 남자, 어느 날 불쑥 차를 끌고 나타나더군요.

저는 보자마자 무면허로 잡혀가면 어떻게 하냐고,

누가 면허증도 없는 사람한테 차를 빌려줬냐고,

겁을 먹고 난리를 쳤죠.

그랬더니 뒷주머니에서 주섬주섬 뭔가를 꺼내는데,

그가 제 눈앞에 들이민 것은, 짜잔~ 바로 운전면허증이었습니다.

그동안 나 몰래 운전면허증을 따서 나타난 남자..

형의 차를 빌려 와서는 제가 그토록 소원하던 드라이브를 시켜주며

그동안 뚜벅이랑 데이트하느라 고생 많았다고

다리까지 주물러주는 남자..

이 세상에 또 없을 이 남자를 사랑합니다.

내 소원인 로맨틱한 드라이브를 위해
도둑 면허를 따는 그의 눈물 어린 노력.
이 사랑을 앞으로 저는 뭘로 갚을까요?

역전

그 사람이 먼저 시작하자고 했습니다.

아픈 이별을 겪은 지 얼마 안 돼 힘들어하는 저를 보며,

그 상처.. 자기가 위로해주고 싶다고 했죠.

하지만 그때 전, 그 사람의 마음을 받아주지 않았습니다.

아직 새로운 누군가를 받아들일 마음의 준비도 안 돼 있었고,

솔직히 그는 제 스타일이 아니었거든요.

그런데 일편단심인 그 사람의 마음에, 결국 넘어가고 말았습니다.

같은 회사에 근무하는 그는, 제가 기침 몇 번만 해도

다음 날 보온병에 유자차를 담아 갖다 주었고,

야근이라도 하는 날이면 퇴근 후에 야식거리를 사 와서는

조용히 두고 가곤 했죠.

같이 먹자고 해도, 자기랑 같이 먹는 거 부담스러워서

제가 못 먹을 것 같다고, 그냥 가버리는 그 사람을 보며

미안한 마음까지 들었습니다.

그런데 그게 다 작전이었나 봅니다.

잡힌 고기에 떡밥 안 주는 게 낚시꾼 마음이라더니,

그 사람이 바로 제 마음을 낚아버린 낚시꾼이었습니다.

요즘은 완전히 상황이 역전돼서 매일 제가 그의 전화를 기다리고..

그 사람은 그마저도 귀찮은 듯 받아서

제가 비참한 기분까지 들게 하는데.. 자꾸 억울한 생각이 듭니다.

그냥 이대로 당하기만 하고 있어야 하는 건지

아님, 정신 번쩍 들게 이별 선언이라도 해봐야 하는 건지

하루에도 수십 번씩 갈등입니다.

역전이 가능한 것.
물론 누가 더 좋아하고, 덜 좋아하는 게 중요한 건 아니지만
이 억울한 심정은 위로받고 싶다구요..

자전거 탄 왕자

주말부터 이어진 연휴.

친구들은 남자친구랑 데이트하느라 바쁠 테고,

그렇게 한 명 한 명 제외하다 보니 전화할 곳이 없었습니다.

마지막으로 딱 한 명.. 떠오른 얼굴이 있었지만,

뜬금없이 전화했다간 혹시라도 자길 좋아한다고 생각할까 봐

그냥 특선 영화나 보고 있었죠.

그런데 그때 마침, 그에게서 전화가 왔습니다.

텔레파시라도 통했나 놀라며 전화를 받았죠.

"뭐 하냐? 이렇게 좋은 날 만날 사람도 없냐?

야, 내가 휴머니스트 아니냐! 구제해줄 테니까 나와라!"

좀 기가 막히긴 했지만 어차피 집에 있어봤자

엄마한테 구박이나 받을 텐데.. 생각하며, 못 이기는 척 나가줬죠.

그런데 그는 저에게 그냥 갑자기 전화한 게 아니었습니다.

오늘 하루 스케줄을 다 생각하고, 전화한 거였습니다.

나가 보니 자전거 한 대가 있었거든요.

제가 그렇게 갖고 싶어하던

앞에 하얀 바구니가 달려 있고, "따르릉~ 따르릉~"

예쁜 벨이 달려 있는 초록색 자전거가..

놀라서 입을 다물지 못하는 저에게 그가 말했습니다.

"마침 동네 자전거 가게에서 점포 정리를 한다기에

싼값에 한 대 샀어. 너 자전거 타는 거 배우고 싶다며?

한번 타봐. 내가 뒤에서 잡아줄게."

자전거를 타고 나타난 그가 백마 탄 왕자로 보이는 것.
자전거 열심히 배워서 내 자전거에 그를 태우는 날,
제 마음도 고백하겠습니다.

사랑
이란

커플티

몇백 명이 함께 대강의실에서 듣는 수업.

딴 짓을 하거나 턱을 괴고 졸아도 교수님 눈에 잘 안 띄겠지..

얄팍한 생각으로 수강 신청을 했습니다.

사실은 수강생이 워낙 많으니까 가끔 결석을 해도

안 걸릴 거란 계산도 있었죠.

그렇게 대충 수업을 듣던 강의실.. 그 수많은 학생들 틈에서

불쑥 제 눈에 볼록렌즈처럼 툭! 튀어나와 보이는

한 남자가 있었습니다. 그동안 왜 몰랐었는지 억울할 만큼,

그는 꿈에도 그리던 저의 이상형이었죠.

하지만 다른 과 학생이다 보니 말을 걸기도 왠지 쑥스럽고,

여자가 먼저 대시를 한다는 게 용기가 안 나서

어떻게 할까 고민을 하다가 한 가지 생각을 해냈습니다.

그건 바로, 커플티! 그는 유난히 귀여운 만화 캐릭터가 그려진

티셔츠를 자주 입었고, 그 모습이 특징적으로 눈에 띄었기에

저는 그가 입는 브랜드의 티셔츠를 똑같이 사서 입었습니다.

그러곤 남들이 보면 마치 우리가 커플인 줄 알게끔
그의 주변을 서성거렸죠. 혹시라도 흑심을 품었던 여학생들은
그와 제가 커플티를 맞춰 입은 줄 알고,
임자 있는 남자를 포기하게 될 테니까요.

똑같은 티셔츠를 입고 "우리 커플이에요~" 자랑하고 싶은 것.
진짜 커플티를 입게 될 그날까지, 저의 노력은 계속될 겁니다.

사랑
이란

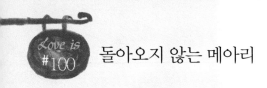

돌아오지 않는 메아리

그와 헤어진 후 생긴 버릇 하나..

자꾸 휴대폰을 쳐다보게 된다는 겁니다.

그러다가 전화 올 데가 없다는 걸 깨달으면,

다시 하던 일을 계속하죠.

연애할 때 그는 하루 세 번 꼬박꼬박 전화를 했습니다.

그건 바로 제 약을 챙겨주기 위해서였죠.

그를 만나기 전에는 영양제는커녕 감기약 한 번

먹어본 적이 없던 저였습니다.

그런데 그는 건강은 건강할 때 지켜야 한다며

저에게 영양제와 비타민을 챙겨 먹게 했죠.

하지만 밥 먹는 시간도 잊어버리는 제가 영양제 같은 걸

챙겨 먹는다는 건 불가능한 일.. 자꾸 까먹고, 건너뛰고..

그래서 결국 그는 약 먹을 시간이면 전화를 해주곤 했습니다.

그렇게 전화 통화를 자주 하다 보니,

서로의 스케줄에 대해서 줄줄 꿰게 됐고,

각자 살면서 겪는 사소한 얘기 하나까지 모두 알게 됐죠.

그런데 지금은.. 책상 위에, 뽀얗게 먼지가 앉은 약병들만
덩그러니 남아 있습니다.

그는 공부를 더 하고 싶다고 유학을 떠났고,

1년을 예정으로 떠난 그는 3년이 지나도록 돌아오지 않은 채

연락도 끊긴 지 오래거든요.

하지만 그를 원망하진 않습니다.

차마 헤어지잔 말을 못 하는 그의 맘을 이해하니까요.

저 또한 이별의 말을 들을 자신은 없으니까요.

사랑
이란

돌아오지 않는 메아리 같은 것.
허공을 향해 불러보는 그에 대한 그리움은
또 어디선가 맴돌다 사라져버리겠죠.

헤어지자는 말은 안 돼

어느 날 그 사람이 물었습니다.

자기가 무슨 얘길 해도 다 들어줄 수 있냐고..

어떤 말을 해도 자기가 하자는 대로 해줄 수 있냐고..

그래서 전 대답했을 뿐입니다. 당신이 원하는 거라면

뭐든 해줄 수 있다고, 내 마음 알지 않냐고..

그런데 한마디를 덧붙였어야 했는데,

그걸 미처 생각하지 못했던 게 저의 실수였습니다.

딱 하나, 헤어지자는 말만 빼고,

뭐든 다 해줄 수 있다고 말했어야 했는데..

그가 원하는 게 우리의 이별이라는 걸 알았다면

그런 약속은 절대 하지 않았을 겁니다.

신파극에 나오는 주인공처럼 그의 바짓가랑이라도 붙잡고

절대 놓아주지 않으면 않았지

순순히 이별을 받아들이진 않았을 겁니다.

그런데 그는 오늘 미니홈피의 쪽지 한 장으로

그동안의 우리 사랑을 정리하자고 하더군요.

도저히 우리 부모님이 바라는 사윗감은 될 수 없을 것 같고,

그렇다고 저를 데려가 행복하게 해줄 자신이 있다고 약속할

그런 뻔뻔함도 없다고..

그러곤 휴대폰도 꺼둔 채, 전화도 받지 않고,

집 앞에 가서 기다려도 냉정하게

저를 외면하기만 합니다.

정말 이대로.. 우리 사랑은 끝나야 하는 건가요?

이별을 순순히 받아들일 수 없는 것.
제 마음이 받아들일 수 있을 때까지
우리에게 이별이란 없을 겁니다. 절대..

사랑이란...